TODOS OS DIAS

Jorge Reis-Sá

TODOS OS DIAS

2007

CIP-Brasil. Catalogação-na-fonte
Sindicato Nacional dos Editores de Livros, RJ.

R312t Reis-Sá, Jorge, 1977-
       Todos os dias / Jorge Reis-Sá. – Rio de Janeiro: Record, 2007.

       ISBN 978-85-01-07872-8

       1. Romance português. I. Título.

07-1064
                      CDD – 869.3
                      CDU – 821.134.3-3

Copyright © Jorge Reis-Sá, 2007

Edição apoiada pelo Instituto Português do Livro e Bibliotecas

A editora optou por manter a ortografia do português de Portugal

Capa: Carolina Vaz

Direitos exclusivos desta edição reservados pela
EDITORA RECORD LTDA.
Rua Argentina 171 – Rio de Janeiro, RJ – 20921-380 – Tel.: 2585-2000

Impresso no Brasil

ISBN 978-85-01-07872-8

PEDIDOS PELO REEMBOLSO POSTAL
Caixa Postal 23.052
Rio de Janeiro, RJ – 20922-970

EDITORA AFILIADA

Para a Ana, por todos os nossos dias
A Maria José Carmo Sá e Pedro Reis Sá

I would love to believe that when I die I will live again, that some thinking, feeling, remembering part of me will continue. But as much as I want to believe that (...) I know of nothing to suggest that it is more than wishful thinking.

Carl Sagan

SUMÁRIO

TODOS OS DIAS	11
Aurora	13
Manhã	29
Almoço	69
Tarde	89
Crepúsculo	129
Jantar	157
Noite	179
TARDE DEMAIS	215

TODOS OS DIAS

A vida acontece sempre tarde demais.

Herbert Quain

AURORA

Levanto-me? Já vejo o sol a querer entrar por entre os poros da persiana. Os seus raios tocam na cama, no armário, na cadeira onde deixei pousadas as roupas do António. E entram sem pedir licença, todos os dias. O quarto é virado a nascente, e é a nós, a mim e ao António, que eles vêm tocar primeiro.

Levanto-me. Tenho de soltar as galinhas, já vão cantando. São muito minhas, as galinhas. O barraco, a capoeira, a horta, o pedaço de terra nas traseiras da casa onde me deixo estar tantas vezes. É a minha terra. É nela e para ela que me levanto com a madrugada a inundar a casa. E tenho a cadela, já vai latindo. Tenho de a soltar, de a deixar correr pelo ar da madrugada, por entre as couves, latindo às galinhas e assustando os pintos.

Levanto-me, então, como todos os dias: cama, chão, quarto, roupa, socos, lavatório, água, ar. Frio, todos os dias, o ar. Deixo o António entregue ao seu sono e aos sonhos que possam chegar com ele. Deitado na cama, ainda para ele a noite é escura, mesmo que os poros da persiana já deixem entrar alguma luz. Dorme. Deixo-o dormir, vou à casa de banho. Antes mesmo de amanhar um pouco a terra com a madrugada que me amanha o corpo, antes de tudo isso, olho-me ao espelho.

Digo-me que os anos passaram por ti, Justina, como setas por entre a vegetação. Passaram rasando as folhas e as folhas nem deram por isso. Apenas sentiram uma aragem breve, uma brisa movimentando-lhes o caule. Todos os dias, desde que te conheces, Justina, que olhas o espelho quando a madrugada se levanta. Desde criança, desde a instrução primária, desde que os dias eram todos na escola com a D. Preciosa, que o espelho é a primeira vista que acabas tendo pela manhã. Se te vês sempre, não sentiste a velhice aparecer? Os primeiros óculos aos dez anos? As graduações crescendo à medida que ias crescendo tu também? A primeira menstruação, o primeiro sexo, a primeira gravidez? E o primeiro neto? E a reforma? E a velhice? E a velhice, Justina?

Não, não senti. Talvez se me não tivesse visto durante uns meses me sentisse diferente. Agora não. Agora pareço a mesma menina que ia para a escola apanhar com o pau de palmeira de três bicos da D. Preciosa, sinto-me como se estivesse ainda a aprender as primeiras letras. Já a cara está enrugada das rugas da vida. Já as mãos estão marcadas pela terra. Já o corpo está caído, esperando o fim.

Acordo nos olhos dos outros quando se abrem. Não durmo, mas deposito-me, inerte, entre as pálpebras e as retinas das pessoas. As pessoas são os meus, só. Nós só podemos ser o olhar de quem amámos e de quem nos amou. O resto do mundo não existe, é outros dias e outras madrugadas.

Estou pela madrugada na Justina. É ela quem primeiro se levanta. Abre os olhos com rapidez e eu surjo desperta também rapidamente. Mal vê um raio de sol, não existe já cama que a mantenha no sono.

Levanta-se e deseja abrir as persianas até trazer todo o dia para dentro de casa. Nunca o fez por respeito para com o meu filho. Mas é uma pulsão violenta, isso sinto-lhe eu. Levanta-se, veste-se da roupa a que o dia convida, retirando-a despreocupadamente do armário. Olha o meu filho António, e eu vejo-o dos olhos azuis da mulher onde, como que imersa em água límpida, me deixei ficar durante o sono. Vejo-o dormir, sonhar, existir na prisão da noite.

A Justina sai do quarto, entra na casa de banho. Olha-a como uma preocupação, um exemplo do dia que virá. Mesmo tendo limpo por estes dias os azulejos e o mármore, vê neles a sujidade que acaba sempre ficando para trás. Ou a noite, com a sua escuridão, trazendo aquilo que ela levou na esfregona uma e outra vez.

E dela sai rapidamente, esperando, lá fora e numa outra preocupação, que o António acorde e ela possa, finalmente, limpar com o ar da manhã o que a noite sujou.

Todos os dias acordo de noite, me levanto no breu. Mesmo que a luz do dia já tenha aparecido, a primeira imagem que tenho em frente dos olhos não existe. É escura, fechada, negra. Acordo com o sol a brilhar lá fora e o coração às escuras.

Levanto-me e vou a tactear até à janela. Toco a persiana que abro num ápice, e o sol, que se levanta sempre antes de mim, que me acorda o corpo da noite no quarto, reluz finalmente ao fundo da imagem. Sei que um dia construirão prédios em frente à casa. Sei que um dia terei de procurar outro local onde possa acordar com o sol a reluzir ao fundo da imagem.

Todos os dias, entre a cama e a janela, antes de ver o sol, antes de, pelo menos em dias nublados, sentir a contragosto a pouca claridade e perguntar onde estás? para onde foste?, me levanto e penso em ti. Tenho o Rafael, bem sei, era nele que devia pensar. Mas é em ti e não sei como nem porquê. Talvez porque nunca me morreu tanto alguém como tu,

Augusto. Porque és o meu irmão mais velho, mesmo que a morte não te tenha permitido contar os anos à frente dos meus, mesmo que um ano te consiga apanhar na idade e te acabe ultrapassando até à velhice. Penso também na avó Cidinha, digo-te. Mas tu, Augusto, tu morreste mais do que ela. Porque me fazes mais falta, porque a ela a morte veio quando devia, quando não podia esperar mais e lhe acudiu.

Tu morreste tão cedo, Augusto. E eu fiquei aqui, feliz, sem ninguém à frente, sem essa árvore de sombra frondosa, pronto a crescer. Não entendo o porquê da morte porque não entendo o porquê deste sentimento ambíguo na vida. Desejei tantas vezes que morresses que, quando finalmente acabaste por me fazer a vontade, me achei um assassino cruel.

Por isso, todos os dias serei obrigado a acordar com a noite nos olhos para que o sol só apareça depois de pensar em ti, Augusto, em ti e na tua maldita morte que me enegrece o coração.

No corredor que me leva até à cozinha olho, à esquerda, o quarto onde ficou, no seu último ano, a Cidinha, onde sempre ficou o meu Augusto até morrer e dar lugar à morte da Cidinha. À direita, naquele a que chamamos nosso, vejo o António no resto de cama que era meu e que agora é dele. Levanto a cabeça, penteio o cabelo e olho, em frente, a cozinha.

Caminho com os passos fortes, os socos tocando o soalho e marcando nele a minha presença. Caminho verdadeira, esperando o dia como uma batalha nova, o cabelo ainda molhado da água com que o amansei da ondulação da noite. O Augusto ainda vem comigo, trazendo com ele a Cidinha, fazendo de nós três. E comigo acende a luz, que o sol ainda não é forte que chegue para o dia ser claro. E comigo prepara um pouco de leite, ligando o gás, acendendo o fogão, colocando o fervedor ao lume.

Penso, enquanto trago para a mesa um pouco de pão que ficou de ontem e espero que o leite aqueça, no que tenho de fazer para o almoço. Penso em colocar a bacia na banca, caso necessite de matar um frango, em descongelar o peixe, caso venha a ser essa a refeição.

Deixo-me um pouco à mesa, com o pão que sobrou de ontem numa mão, a chávena do leite na outra. Por entre o vidro fosco da porta da cozinha, a claridade vai nascendo cada vez mais forte. Sinto inundar-me a paz que só um dia como todos os dias pode trazer.

Vou para o quintal como vai uma criança para o pátio da escola quando a professora diz

— Podem sair.

e se liberta nela toda a infância. Sigo os passos da criança, esperando os brinquedos que o quintal tem, as galinhas, a cadela, a horta, as couves e as flores com o orvalho da noite. E é quando me levanto da mesa que os socos tocam, com toda a força que sinto em mim, o chão da cozinha. Abro a porta que separa a manhã do meu corpo e vejo, na bouça em frente à casa, como uma criança no seu pátio da escola, enterrando um pinto morto para depois o desenterrar e sentir a vida como a morte, o Augusto, os seus caracóis loiros e a sua face de menino sorrindo uma vez mais.

Digo-me, todos os dias,

— O meu filho morreu, não me pode ver nem eu a ele nesta bouça em frente à casa, no seu sorriso de menino.

para acreditar que acordei e que o pão recesso que já comi existiu mesmo. E acredito. Porque só quando a morte existe entre nós é possível sorrir sempre, sem a vida inteira que ainda há-de vir a colocar escolhos, atrapalhar os gestos e as felicidades.

O meu filho Augusto morreu, como morreu o pinto que ainda o vejo enterrar. Morreu a alegria, os gestos largos, o sorriso franco. Mas a felicidade inunda-me o corpo por o sentir vivo e tão feliz, a brincar naquela bouça como eu brinquei no pátio da escola, depois de a D. Preciosa dizer

— Podem sair.

Vejo a casa, ainda dentro do sono. E sinto-lhe a noite, a sua escuridão, o ar frio da manhã surgindo, o sol, a tarde, a trovoada no crepúsculo e a noite, a sua escuridão outra vez. Vejo a casa e sinto-lhe o som da palavra que lhe dá nome. Como se o nome lhe desse sentido, como se a sílaba que lhe dá entrada nos fizesse entrar na casa — ou pela cozinha, ou pela porta que dá para a varanda sobranceira ao pátio. Porque a entrada é aberta por uma porta como a palavra é aberta pela boca que a diz. Casa. E a porta abre-se. Casa, e eu deitado nesta cama, dormitando no limiar da consciência, com o sono a cobrir-me as pálpebras mas o som do nome da casa a despertar-me os sentidos. Casa, e a porta da sala a abrir-se nesse nome, com a varanda prolongando-lhe a primeira vogal.

Deixo-me acordar na ausência que a Justina me dá, quando se levanta e me permite um sono mais justo. Deixo-me acordar, agora que o tempo é todo o tempo que me deram, sem a chamada da Justina

— Toma atenção às horas.

em dia de trabalho. Não. Agora os dias são todos o início da casa como um grito inspirado na sílaba tónica, os seus compartimentos, o seu corredor levando a vida a cada um deles, as suas paredes alicerçando a memória em todas as camadas de tinta que já lhes cheguei. Agora os dias não ouvem

— Toma atenção às horas.

na voz da Justina, pelas sete da manhã. Ouvem o som da casa e a vontade de um dia poder acordar novamente mais cedo, ter razões para isso.

Como a casa, também a palavra acaba triste. Pelos quartos onde não entra o sol, com o final expirado em tom de resignação; com a sílaba que separa as portas onde entra o sol que as pessoas trazem consigo das outras paredes onde só entrou a morte, levando-as e a tudo o que era delas ou que tinham trazido. Levando-nos até a nós, a pedaços enormes de nós porque nós somos as pessoas que foram connosco. Eu aqui, nesta casa. Aqui nesta cama, abrindo o som da palavra à correria do Rafael quando aqui entrar e me acordar de vez. E fechando-o logo de seguida pelo som da morte, pela distância que separa a casa daqueles que, em tempos, a fizeram só de sílabas tónicas.

Logo que levanto a persiana, depois da noite nos olhos, de pensar em ti, Augusto, e na tua maldita morte, digo: vejo a vida e o amor num só corpo, deitados na cama.

É a minha mulher, Augusto. É ela em todo o esplendor que só a beleza pode ter. Todos os dias a vejo, entrando em mim como uma flecha, depois da noite tão longa que só este corpo belo, com as costas descobertas, faz desaparecer.

Está deitada. Vira-se uma e outra vez, rodando sobre si mesma apenas com um lençol a proteger-lhe as pernas, puxando-o para si, repetindo

— Fernando, tiraste-me o lençol.

com a voz quente do sol a entrar no quarto. A sua voz, Augusto, que me afaga o rosto. Quando repete, dando-me o cabelo quando o cabelo escorrega pelo ombro até ao cotovelo e leva atrás a alça da camisa de dormir,

— Fernando, tiraste-me o lençol.

a sua voz acusa-me de actos que nunca pratiquei. Acusa-me da tua morte, das palavras com que lhe respondo, respondendo-te a ti, mesmo àquilo que não perguntaste

— A minha vida não faz sentido sem a tua.

e dizendo o seu nome no fim da frase como se acreditasse que é só para ela que o digo, como se uma frase

— A minha vida não faz sentido sem a tua, Manuela.

me pudesse ilibar da sua acusação, de todos os pensamentos que tive e que acabaram acontecendo. Não iliba, não é uma simples frase que me dá o perdão.

O Rafael acordará dentro em breve. Está no quarto ao lado, na paz do seu sono de menino. Pudesse ele ser mais um perdão, oferecer um neto a quem quis tirar um filho. Não é. É impossível ser perdoado, quer pelo Rafael, quer pela escuridão em que acordamos, quando de seguida vemos no corpo que amamos a felicidade.

MANHÃ

Vou para o quintal, deixo a memória do Augusto entregue ao sorriso que a infância lhe trouxe um dia, a memória da D. Preciosa e do pátio da escola entregue à infância que o meu sorriso envelhecido me ofereceu.

Passo a lavandaria e o ar ainda é frio da geada que caiu, uma estranha geada que pontua as plantas, as ervas, o telhado do barraco e da capoeira: pequenos pedaços de céu que a noite deposita.

E o quintal. Subo as escadas, depois da lavandaria, e está frio. As galinhas levantam-se como se fosse eu a acordá-las, sentem-me a presença. E cacarejam. Dou-lhes o primeiro milho, à Pequena o primeiro afago quando os meus joelhos lhe roçam o pêlo, lhe abro a porta do barraco e a vejo ultrapassar-me, fugindo para o meio das couves. E todos os dias a aviso

— Não me dês cabo das couves!

e sorrio por saber que outro talo será quebrado pela folia que a Pequena leva consigo.

Não me detenho muito tempo no quintal a esta hora. Espero que chegue o menino, deixo-o estar. Passo a mão pelas folhas das couves, já altas, e desço as escadas, entro na lavandaria, vejo as roupas que precisam de ser lavadas, estendidas, passadas a ferro, o ponto que tem de ser dado naquele botão que ameaça cair.

São as roupas todas que esta casa tem, as minhas e as do António; e, quando as descubro no armário ou por elas sou descoberta também, aquelas que ficaram para comprovar a existência do Augusto e da Cidinha. Tiro-as do armário como se tirasse um bocadinho de cada um deles, os quisesse mais perto. E lavo-as à mão, estendo-as ao sol, passo-as a ferro, afago-lhes o tecido. Sem tristezas, sem choros, só saudade.

Todos os dias saio de casa com a minha mulher a dizer

— Vai, tira o carro, já vou ter contigo.

e desço sozinho no elevador. Desço com a pressa que, vinda dela, me invade: o trabalho a horas, ela às oito e meia na escola, eu às oito e meia no banco.

Vejo as portas verde-claras das garagens em frente e penso no que sou e no que serei. Ligo o carro, espero-a junto da porta que traz o elevador à cave surgindo com o Rafael pela mão.

Estou sentado e penso. Penso em ti, Augusto, nos traços do teu rosto que ofereceste como um pai ao meu filho. A beleza, Augusto, a luz das tuas expressões chegando com ele, o miúdo que virá por esta porta dar-me o primeiro sorriso que sai de mim para ele. E em mim também pequeno, entrando noutra garagem e procurando um Augusto mais velho que se escondia e sussurrava

— Quente, estás quase.

vendo com o barulho a escuridão e seguindo-lhe o som até ao toque da camisa de flanela, até ao afago nos cabelos de um Fernando que gritava

— Encontrei!

e que sorria. Penso na escuridão e na voz de um irmão mais velho guiando-nos à sua presença para nos aconchegar no seu regaço e nos beijar a fronte com o orgulho de quem nos soube capaz da tarefa que nos deu.

Eu gritava

— Encontrei!

com o sorriso com que o Rafael sai hoje daquela porta. Penso nele e no que atingi ou no fim ele atingirá. Respirando fundo, aguardando a luz aberta ao ar que me espera lá fora e dizendo à minha mulher

— Espero por ti no carro.

É quando mais tenho as roupas por entre os dedos que ouço o portão bater. É o Rafael que entra com o Fernando. Acabo de estender uma última peça, de dar o último nó na linha que segura o botão, e vou dar ao menino o primeiro carinho, ao meu filho os bons-dias.

Todos os dias lhe pergunto da noite, se dormiu bem, se tomou o menino o leite todo, como acordou. Responde-me apressado mas sorridente o meu Fernando, contando de mais uma brincadeira que ele fez na véspera.

Chega a rir-se, o Rafael. De um sorriso fresco, do cheiro da manhã. É muito diferente do pai, que não mostrava os dentes a ninguém, que se encostava num canto, arreliado. Este menino não. Ri-se como se o sorriso fosse parte dele. Ri-se quando o levanto do chão, já o Fernando, com um último

— Até logo, venho cedo.

virou as costas para enfrentar o trabalho. Digo

— Este menino é a melhor coisa do mundo que a gente tem.

como o dizia quando levantava do chão o Augusto ou o Fernando e lhes dava o primeiro beijo do dia.

O pai virá de novo para o almoço. E o Rafael fica comigo, esforçando-se por subir os degraus, a sua primeira dificuldade. E eu sinto, enquanto com ele vou ultrapassando os degraus que, com os anos, se tornarão para mim também uma dificuldade, esta aragem que, de manhã, corre da bouça para o quintal. Sinto as mimosas com o orvalho a escorrer sobre as folhas finas que lhe emprestam este cheiro sereno e calmo, a terra com a morrinha que caiu durante a noite a respirar depois de o sol aparecer por entre as nuvens.

Pergunto-lhe se dormiu bem, ouço

— Sim.

como se afirmasse a dificuldade que os dois, eu com a idade a pesar-me nas pernas e ele ainda demasiado leve, temos em ultrapassar cada degrau.

O quintal, as galinhas, a terra ao cimo das escadas, aguardando-me. Lá me sinto uma só com alguém. Como nunca consegui com o António, o único homem com quem me podia sentir uma só. É com a terra nas mãos, o milho e o pão recesso a ser entregue às galinhas, o pêlo da cadela a tocar-me as pernas, a pá com que cavo mais fundo para plantar as couves e semear as flores, que me sinto em comunhão com alguma coisa. Quando vou à missa, como faço todos os dias ao fim da tarde, vou agradecer a Deus o dia que me deu para comungar com a terra.

Desço para a cozinha e digo ao Rafael para ir ver se o avô já se levantou. Virá novamente para mim, estará comigo como a manhã e o quintal estão todos os dias. Abrirá a porta da salinha que, nas traseiras da casa, dá para a lavandaria, ver-me-á no meio da minha terra e chamará

— Bó!

perguntando-lhe eu

— Que queres?

o meu menino, a minha terra. Aquela que nunca ensinei ao Augusto ou ao Fernando, não mo deixou a vida e o trabalho. Mostro-lhe de que é essa terra feita, as galinhas, os bichinhos como ele já diz. Seguro-o à cinta e repito

— Este menino é a melhor coisa do mundo que a gente tem.

Todos os dias acordo com o Fernando deixando o moço à guarda da minha Justina. Desperto e vejo a roupa bem estendida sobre essa cadeira antiga que me velou a noite. Visto a roupa da cadeira antiga, tão preparada pela minha Justina quando se vem deitar, e levanto-me sentindo-a junto às galinhas. O sol quase não é sol na madrugada e a cadela já vem latindo desde que a noite desapareceu.

Levanto o corpo com a força de acordar o pensamento. Vou à casa de banho, lavo a cara uma, duas, três vezes até que a água fria me aqueça o raciocínio. Volto ao quarto, abro a persiana e olho o cemitério em frente. O cemitério está lá todos os dias da minha vida. Vai lá estar todos os dias da minha morte, também. Vejo-o e acordo beijando a minha mãe e o meu filho que lá me esperam.

A minha mãe morreu velha, teve uma vida toda para viver. O meu filho Augusto morreu novo, tinha a vida toda para ele e já não tem. Agora estão mortos, sepultados no cemitério em frente da casa.

A minha janela está virada para ele. Vejo a capela onde velámos o corpo da minha mãe, mais longe a igreja onde o fizemos ao meu filho Augusto. E choro. Choro sem lágrimas porque as não deixo cair. Choro só por existir, por saber que eles lá estão, deitados no interior daquele chão frio, porque eu me levanto todos os dias depois da minha Justina, e a minha mãe e o meu filho nunca mais.

Todos os dias a minha Justina deixa as galinhas e se dedica ao Rafael mudando-lhe a fralda, dando-lhe o que pede, água, leite, carinho. O moço acorda-me muito, de manhã. Chegado à entrada do quarto, diz-me

— Bu!

acorda-me os olhos que pousavam no cemitério, faz-me virar o corpo e deixar a janela para trás. Quando a ele chego virando as costas à minha mãe e ao meu filho, espero o seu beijo, os beijos da minha mãe e do meu filho em trânsito naquela pequena boca.

Com o moço pela mão, percorro o caminho até à cozinha, tomo a água que bebo de um trago e espero que a Justina desça das suas galinhas, venha tomar conta dele para poder deixar finalmente o cemitério para trás e ir ao Magote comprar o jornal.

Existe o olhar infantil da criança. Existem os dias no seu olhar. Sigo-a pelo corredor da casa, depois de ouvir a Justina

— Este menino é a melhor coisa do mundo que a gente tem.

a Justina e o José Fernando vendo a mãe carregando o peso da criança nos braços levantados e na sua memória, ele pequeno, ouvindo também

— Este menino é a melhor coisa do mundo que a gente tem.

e sentindo-se voar outra vez, voar como só as crianças voam nos braços levantados dos pais.

Vou naquele olhar, percorro o corredor nos seus passos curtos. Entra pela porta entreaberta do quarto do avô, a persiana está aberta e o António olha a vila lá em baixo, o campo em frente da casa, o cemitério. Noto-lhe o sorriso de quem aguarda a sua chegada, a pequena voz chamando

— Bu!

e ele

— Que me queres, moço?

enquanto se vira e lhe afaga o cabelo.

Está velho, o meu filho, com os anos que passaram por ele e as mortes que esses anos trouxeram. Envelheceu jovem com as mortes da irmã e do padrasto, mais ainda quando lhe morreu o filho, quando não mais o pôde sentir escrever no quarto em frente do seu.

Sente nesta criança esse filho entrando pela porta entreaberta do quarto, sei-o eu. Como se o Manuel Augusto fosse outra vez pequeno e a vida ainda estivesse toda pronta para ser vivida. Quando era pequeno, o meu neto entrava pelo quarto do pai, dizia-lhe a mãe

— Vai acordá-lo, que são horas e não há maneira de o teu pai se levantar.

e ele ia com os caracóis desalinhados da infância. Entrava no quarto e dizia-lhe

— Pai, acorda.

abanando o seu corpo, ainda entre os lençóis. O meu filho António sorria e afagava-lhe os caracóis, dizendo-lhe

— Que me queres, moço?

levantando-se da cama, levantando com as palavras do meu neto a vida que mais um dia lhe traria. Todos os dias o António entrava na cozinha com o corpo a sorrir. O Manuel Augusto já estava a tomar o pequeno-almoço e olhava-o, sentindo a tarefa bem feita. O meu filho

— Acordaste-me, moço.

e um pouco de água, um pouco de pão, o trabalho que o esperava. Dias felizes, comigo junto à banca, pensando no almoço da mesma forma que hoje pensa a Justina.

Por isso o afago no cabelo da criança, como se sentisse os caracóis do Manuel Augusto. Porque é de gestos iguais que se fazem os dias.

Bebo a água de um trago, a minha Justina chega à cozinha para tomar conta do moço enquanto vou ao Magote comprar o jornal. Olho-a, atenta a mais um dia que se levanta, e penso na roupa que me estende sobre a cadeira antiga todas as noites como um afago repetido à lembrança dos nossos carinhos.

Antes de se deitar, esteja eu ainda na sala ou já entre os lençóis, a minha Justina coloca a roupa sobre a cadeira. Dantes colocava lá as calças de fazenda, a camisola de lã e a camisa, como um aviso para o atraso que todos os dias era o meu. O trabalho esperava-me, as horas corriam lestas e eu, sempre um pouco mais entre os lençóis, corria atrás delas. A roupa estendida pela minha Justina retirava-me o peso da escolha que tanto me demorava. E ela, sabendo disso e de quanto os lençóis sempre me chamaram, colocava-a, como dizendo

— Deixa-te estar, que eu estou aqui para ti.

e estava.

Agora a roupa é estendida pelas mesmas mãos, mas os dias são outros. Já não existe trabalho que me chame, só existe o moço, abrindo-me os olhos com a voz, a memória com os seus beijos na manhã. Só existe este cemitério lá fora, em frente da casa. Sempre lá esteve, mas só há poucos anos dei por ele. Dantes eram apenas os vizinhos mais calados, que nunca vinham buscar o jornal, como faz o Janela todos os dias, pela hora do jantar. Que nunca perguntavam

— Tem uma botija? que o gás acabou.

porque antes se deixavam estar, esperando que o tempo todo que tinham e têm passasse. Mas depois o Augusto tornou-se meu vizinho, ele que tão pouco tempo esteve fora desta casa. Mas depois a minha mãe foi viver com ele. Mas depois nasceu em mim o cemitério como um fantasma, como um prédio de mil andares que me tapa todos os dias a vista do céu.

Já de nada vale à Justina estender a roupa sobre a cadeira antiga que me vela o sono. Levanto-me, olho a roupa, olho o moço, olho o cemitério. E vejo que o trabalho já não me chama, que tenho, como o meu filho Augusto ou como a minha mãe, todo o tempo para vestir a roupa mas pouco tempo para voltar a esquecer-me dos vizinhos que nunca pediam a botija ou o jornal.

Existe o olhar infantil da criança. Onde invento os dias, o sol, o vento, as pedras, o ar. A criança distante onde me debruço pelo olhar da Justina e onde vejo a minha Ni. A minha filha que me morreu pouco mais era do que esta inocência.

O António já era crescido quando me casei e a Ni nasceu, muito pequena mas muito desperta. Muito curiosa de tudo, um anjo pequenino que me veio fazer os dias mais felizes. Eu mudava-lhe as fraldas de pano, aquelas fraldas brancas com os quadrados azuis, já pouco azuis de desbotarem nas lavagens. Dava-lhe de mamar, fazia-lhe as festas todas do mundo na sua fronte enrugada pelo seu choro infantil. E via-a crescer a olhos vistos, de bebé curioso até se tornar uma criança inteligente, atenta.

O António sempre foi mais sereno. Nunca teve o brilho que a Ni tinha nos olhos. Sabia que a Ni ia ser uma menina grande, sabida, inteligente. Que iria fazer os estudos todos, ou quase todos. Ia dar-lhe tudo, tudo o que pudesse para que o conseguisse. Ao António não pude. Porque os tempos eram mais difíceis, a minha vida era mais dura com um filho sem pai para ele. Ainda assim, o meu António foi um homem frondoso, casou, teve filhos, teve um neto.

A Ni não. A Ni morreu quando a vida lhe começava a dar algum entendimento. Morreu-me nos braços, a porta do quarto estava fechada. Deixei-a adormecer com os seus olhos a olharem-me muito abertos. Desfaleceu, agarrada a mim. Ou eu a ela, maior a junção dos corpos. Os homens — o seu pai e o António — ficaram lá fora. Sabiam que ia morrer, era inevitável, mas ficaram lá fora. A minha filha era minha e de mais ninguém. E, se morria, morria só comigo, enrodilhada nos meus braços, com os meus braços a abraçarem-lhe o corpo e as minhas mãos a passarem lentas pela sua fronte agora já lisa.

Arranjei-lhe o cabelo, fechei-lhe os olhos, deitei-a na cama. Despi-lhe o pijama, vesti-lhe uma camisa e uma saia azul, calcei-a e chamei os homens para entrarem. A minha filha tinha morrido, eu já tinha chorado tudo. Agora os homens já podiam entrar.

O pai da menina haveria de morrer nesse mesmo ano. Depois de alguns anos acompanhados, voltámos, eu e o meu filho António, à solidão que tínhamos um com o outro. Assim ficámos durante anos, vivendo os dois, sozinhos. Até que ele conheceu a Justina, a namorou e engravidou. Casou-se já com o Manuel Augusto debaixo do vestido, a Justina. Veio viver connosco a nossa solidão, quebrada para sempre pela sua vida e pelas tropelias primeiro do Manuel Augusto, depois dos dois, dele e do José Fernando. E assim vivemos anos, nesta casa onde agora passeia esta criança. Uma família grande e feliz. Eu envelhecia pelos anos que iam passando, o meu filho um homem, o Manuel Augusto escrevendo, o José Fernando enamorado de uma bonita Manuela que lhe trazia sorrisos e flores a uma tez sempre tão pouco alegre. Até que a morte veio outra vez. E, em vez de mim, levou antes o meu primeiro neto, aquele que nunca de casa tinha verdadeiramente saído, aquele que escrevia livros sentado à secretária, que me fazia companhia ao longo do dia quando os pais iam trabalhar. Aquele que passeava alegria pela casa.

A morte leva sempre quem escolhe. Uma filha, um homem que é pai dela, um neto. Quando escolhe. E há-de levar quem me dá hoje um poiso por onde olhar, o António, a Justina, o José Fernando. Até esta criança distante, de olhar infantil, onde invento os dias, o sol, o vento, as pedras e o ar.

Já com a manhã lá fora, presente lá fora, quase a entrar pela casa dentro, saio da cozinha e vou ao Magote comprar o jornal.

A Justina pergunta-me

— Já vais?

ao que eu respondo

— Vou.

que sim, que seguirei pelo caminho por onde segui tantos anos, ainda o Rafael era só a alma do Fernando e da mulher, ainda o Fernando era só o Rafael, quase.

Eram os anos em que eu existia. Em que era feliz. Tinha a Justina, tinha a minha mãe. E tinha o Augusto e o Fernando, também. E o trabalho, o torno na fábrica onde me debruçava para moldar as peças, para construir pedaços do mundo dos outros.

Todos os dias saía de casa depois de beber a água de um trago. A mãe perguntava-me

— Vais agasalhado?

olhava-me de alto a baixo, ajeitava-me os colarinhos da camisa, as mangas da camisola. A Justina tinha ido às galinhas, viria lavar-se para sair uma hora depois de mim para o posto médico onde também ela acabava existindo para os outros. Era a minha mãe quem me perguntava pelo agasalho. Agora, velho como estou, ouço-a na voz da Justina, dizendo

— Não te esqueças do pão.

a minha mãe quem dava ao Augusto e ao Fernando a água, o leite e o carinho, antes de os moços irem para a escola.

Eu saía de casa descendo as escadas até à rua. Abria o portão, olhava em frente a casa do Janela, dizia-lhe adeus, a ele e à mulher, quando por vezes nos víamos saindo ao mesmo tempo. Fechava o portão, virava à esquerda fazendo a rua até ao Magote. Aí falava com o Zezinho, perguntando-lhe como ia a mulher, como iam os filhos quando os teve, ou o pai antes de morrer. Trocávamos duas ou três falas sobre o futebol, eu comprava o jornal e seguia, tinha o meu torno à minha espera. Entrava na linha férrea. Ia andando entre a madeira e as pedras escuras, oleosas do óleo que os comboios deixavam. Sempre a vi apenas como mais um caminho até ao trabalho, igual à estrada que me levou até lá, igual à conversa curta que tinha, todos os dias, com o Zezinho.

E, no entanto, agora as saudades da linha são imensas e doem. Deixo a Justina com o Rafael e saio. O Janela e a mulher também já não existem de manhã como costumavam. Também o patrão do Janela lhe disse para ficar em casa, que o trabalho que tinha não era dele nunca mais, que um rapaz novo viria e o tomaria ao seu cuidado.

Mas ainda vou ao Magote, lá compro os jornais. Já não é apenas o diário, já trago também o desportivo. Porque afinal o torno está nas mãos de outro e o dia pode ser imenso para quem a desocupação é enorme. E já não são só duas ou três falas com o Zezinho, já é toda uma conversa acerca do futebol, do clube, do jogador, de como joga ou deveria jogar. Já não é só um perguntar pela mulher ou pelos filhos, agora crescidos, uns homens. Já é contar da Justina e das suas galinhas, falar do Augusto — sempre um bocadinho o Augusto — ou da minha mãe, ou do Fernando, ou do Rafael, do moço que me acorda todos os dias. E já não vou pela linha. Apenas a olho, ao lado do Magote, convidando-me a ir para o meu torno. Todos os dias a olho, todos os dias lhe sinto o convite. E todos os dias lhe digo que não, que a velhice é maior do que o torno e que a Justina me disse

— Não te esqueças do pão.

Tu, Augusto, continuas morto e, mesmo assim, entrando pela minha vida como sempre.

E como eu te detestava por isso. Por seres quem eu tentava e não conseguia. Porque a ti tudo era permitido. Deixaste a faculdade a meio, decidiste ser escritor. Eras o filho mais velho, aquele em que depositavam todas as esperanças, aquele que sonhavam doutor, engenheiro, o que pudesses ser. Mas não. Decidiste deixar o curso em que tanto investiram os pais e ficar em casa a escrever. Eu também queria, Augusto, é o que te digo. Também queria e talvez conseguisse. Mas não me foi permitido. E sabes porquê? Porque do Fernando todos esperavam o que está certo. Que terminasse o curso, que se casasse, que tivesse filhos. Não que ficasse todos os dias em casa escrevendo, que não fizesse nada da vida além disso.

Ou que morresse. A mim não foi permitida sequer a morte. E, no entanto, pensei muitas vezes nela, em como poderia ser, em como me chorariam todos se acontecesse.

Mas nunca tive a coragem que tu tiveste — para deixar a faculdade, para escrever, até para morrer.

Eu, Augusto, todos os dias saio de casa e vou para o ban co. Sou o gerente, mando nas gentes, recebo dinheiro, muito, pelo que faço. Tenho um trabalho importante. Até sou tesoureiro da Junta, vê bem. E tu? Tu o que eras? Que fazias? Nada, meu irmão. Escrevias à noite, quando escrevias, dormias toda a manhã, por vezes até parte da tarde. Recebias algum dinheiro por isso, é certo. Mas o suficiente para poderes comprar a tua comida, os teus cigarros, a tua roupa? Ganhaste um prémio não sei de quê que recusaste. Queriam fazer-te entrevistas e dizias que não. Dizias

— Escrevo e já me chega, e já vos chega.

mas então explica-me: por que te amava mais o pai a ti do que a mim? Tu deixaste-o a sonhar com um filho que não teve em ti, doutor ou engenheiro; tu não tinhas ninguém que fosse contigo a tua vida, uma mulher, um filho, nada; tu vivias confinado a um espaço exíguo, mais à custa do pai do que de ti; tu recusavas prémios em dinheiro porque achavas mal e o nosso pai trabalhava nove horas por dia na serralharia.

Diz-me, Augusto: que fizeste tu na tua vida para mereceres o amor dele? Eu terminei o curso, casei-me, tornei-me gerente de um banco, vê bem, dei-lhe um neto. Até o cheguei a ajudar quando precisou de dinheiro para as obras na despensa, na lavandaria e no quintal da mãe. Mas ele amava-te era a ti. Pior, ele ainda te ama. Estás morto, e no entanto ele ama-te. É por ti que ele chora. E tinha por ti um orgulho que quase parecia pai do maior filho do mundo. E o problema, Augusto, é que o maior filho do mundo não era eu. Quando falava de ti aos amigos, aos sábados, enquanto jogava à sueca no Tininho, dizia

— O meu filho mais velho vai publicar mais um romance; o meu filho mais velho ganhou mais um prémio.

e os olhos abriam-se muito e a alegria era muito grande no seu rosto. De mim, nem uma palavra. Tinha-me casado, tinha tido um filho, tinha sido promovido a gerente do banco, mas isso não lhe interessava nada. Só tu lhe interessavas. Tu e essas palavras vazias que tanto odeio e que deixaste para sempre nesses livros, nesses livros assinados Augusto Ferreira Belo e agora atirados para trás da minha estante.

Tu, Augusto, estás morto e, mesmo assim, com a vida que eu queria como minha.

Há dias em que, já com o pão e os jornais junto ao corpo, o comboio deixa a estação e percorre a linha de caminho-de-ferro no sentido que é o meu. Quando volto para casa, vejo-o à direita passando por mim. Há anos, há muitos anos, quando ainda percorria a linha para ir trabalhar, havia um filho que vinha comigo, ia apanhar este mesmo comboio para estudar na cidade.

Saíamos de casa os dois. Durante um ano, o ano em que conseguiu ir para a cidade estudar antes de deixar a faculdade e se dedicar à preguiça — ou à escrita, que, achava eu no começo, era o mesmo —, a minha mãe perguntou

— Ides agasalhados?

a minha mãe olhou-nos de alto a baixo e ajeitou-nos os colarinhos da camisa, as mangas da camisola. Éramos dois. Eu e ele saindo de casa de manhã, indo pela estrada até ao Magote, comprando o jornal para mim, os jornais e as revistas para ele e percorrendo a linha até à estação. Comprava sempre muito, o Augusto. O diário, a revista, o semanário, outra revista. Lia com sofreguidão os jornais no comboio. Lia os jornais e os livros que todos os dias levava.

Na estação, quando o tempo sobrava, eu esperava com ele o comboio. Falávamos muito. Eu não entendia metade do que dizia, é certo. Sentia-me um ignorante quando ele conversava acerca da escrita, da literatura. Mas era uma ignorância orgulhosa. Era o meu filho, querido e tão inteligente, quem estava ali a querer ensinar-me as coisas que eu nunca aprenderia. Eu falava-lhe da vida, às vezes. Das raparigas, perguntava-lhe

— Então, amigas novas na faculdade?

ao que ele respondia, com um sorriso envergonhado

— Algumas.

foi o melhor ano no trabalho. Além do meu torno, tinha quem me levasse, quem me acompanhasse até ele. Tinha o meu filho mais velho a ir para a faculdade estudar para ser doutor, seguindo comigo todos os dias, deixando-me ser parte da sua vida.

Quando nos disse, a mim e à minha Justina, que não iria estudar mais, que o curso não era para ele, que se sentia perdido, que queria escrever, eu bati-lhe. Disse-lhe

— Escolhes o que quiseres mas levas porque não podes terminar assim o sonho dos outros. A tua vida é a nossa, Augusto, e não podes deixar o curso depois de tudo aquilo que te demos.

mas bati-lhe, sei-o, porque tinha perdido a companhia. Porque os dias passariam a ser como tinham sido antes, durante tantos anos, comigo sozinho percorrendo a estrada até ao Magote e a linha até à Reguladora.

Hoje, nem esse caminho eu faço. Quando volto para casa, o comboio deixa a estação, percorre a linha no sentido que é o meu, e o meu filho não segue nele. Deixou de ir quando decidiu ficar em casa, a fazer nada ou a escrever que, achava eu no começo, era o mesmo. Mas havia a esperança de um dia vir novamente com ele. Agora, até essa esperança morreu. Morreu com ele, quando definhou tão rapidamente no quarto onde dantes escrevia. Já não poderá ir no comboio que me acompanha, que todos os dias me assombra o caminho.

— Este menino é a melhor coisa do mundo que a gente tem.

e pego-lhe ao colo, danço com ele bem preso à cintura, sorrio. É um menino pequeno, a quem ensino a terra. A minha terra, as minhas galinhas, a minha Pequena que lhe afaga a pele da mão, o seu sorriso quando a mão lhe toca o focinho

— 'Tá molhado, Bó.

e eu a rir com ele, a cadela rindo-se connosco. Pouso-o no chão enquanto vou tratando das flores, percorrendo as plantas, a manhã e o sol que lhes toca no verde. E o Rafael brinca limpando a terra com as mãos, percorrendo o pêlo da Pequena, tocando-lhe o focinho

— 'Tá molhado, Bó.

e rindo da felicidade e da vida num sorriso igual ao do pai. Tão parecido com o tio em todas as expressões menos na da felicidade. Vejo no cabelo encaracolado e fino, nos olhos muito abertos de tão azuis, o meu filho Augusto. E o meu filho Fernando neste sorriso, os dois numa só face, a continuação da vida neste pequeno corpo.

Ensino-lhe a terra, o significado das pequenas coisas como queria ter ensinado aos meus filhos. Pergunto-me se lhes terei dito como a beleza pode estar em toda a parte como até nas mais pequenas coisas há por vezes tanta beleza que nos dói. Leio umas frases que me deixou o Augusto, naqueles livros que escreveu como uma vida, e penso que sim. E vejo o Fernando tocando a face do filho, dando-lhe um beijo e virando-me as costas, enfrentando o trabalho que aí vem, a sua responsabilidade e o seu amor todo e penso também que sim. Penso que o sorriso que a beleza tem em toda a parte lhes foi entregue. Mesmo que não lhes tenha ensinado a terra.

E desço as escadas, de encontro à lavandaria, depois ao interior da casa. A cadela ladra com a distância a que a mantemos, deixando-a a guardar as galinhas, os coelhos, as couves, todo o quintal. E o menino diz-lhe adeus e vem comigo.

Segue-me pela casa. Limpa comigo o pó, imita-me os gestos. Ele e o carrinho que traz preso pelo atilho. Segura comigo no cabo do aspirador, sente-se útil. O avô foi buscar o jornal, o pai foi enfrentar o trabalho de todos os dias. E eu sigo ensinando-lhe a terra, mesmo que dentro da casa. E a cadela latindo, lá fora.

Quando chego a casa olho ao cimo das escadas o quintal.

A minha Justina tem no quintal e nas suas galinhas um amor eterno. Isso sinto-lhe eu sempre que chego e a vejo mexendo na terra com a pá. É um amor belo porque é correspondido. Porque se nota na terra uma paixão pelas mãos da minha Justina, nas galinhas uma reverência por quem lhes traz o milho. Porque a cadela só a ela obedece, como um filho só nasce para obedecer aos pais e a mais ninguém.

Quando chego e vejo o quintal, sinto-lhe a felicidade naqueles olhos muito azuis que sempre teve. Tinha-os ainda mais azuis quando era nova, é certo. Nessa altura, eu quase cegava de a olhar. Agora as rugas da cara definharam-lhe um pouco a expressão mas eu, que lhe conheci esse brilho na flor da idade, quando quero ainda consigo ficar cego com a cor dos seus olhos.

Chego e digo bem alto

— Cheguei! O pão está na mesa.

e ela diz sempre

— Põe o pão na mesa.

já eu o fiz. E todos os dias me apetece sair pela porta da cozinha, passar a pequena lavandaria e gritar alto

— Já pus!

mas não vale a pena.

Vou para a salinha. Lá, agora, está a minha secretária. Tinha-a o Fernando na cidade enquanto estudava. Quando voltou e se casou a secretária sobrou. Não a queria em casa e eu pergunto-me às vezes por que seria. Nunca lho perguntei porque conhecendo como conheço o Fernando me diria certamente

— Porque não coube.

sem mais. E eu sei que cabia.

Dantes era o quarto da minha mãe. Por isso, sempre que lá entro, com os jornais debaixo do braço, penso na cama com o colchão de palha onde dormiu tantos anos. A secretária está exactamente no sítio da velha cama.

Quando eu era criança — há tantos, tantos anos — todos dormíamos em colchões de palha nesta casa. Depois cresci, depois morreu quem tinha de morrer, depois casei-me, depois a casa cresceu connosco e com os moços. E depois os colchões foram sendo substituídos por novos. Cada cinco anos havia um colchão que se comprava, um colchão de palha que desaparecia. Até que só ficou uma cama como recordação dos tempos que foram. E foi a da mãe, claro. Porque ela era a mais antiga e sempre disse

— Eu nunca hei-de dormir em colchões onde não posso sentir a palha tocar-me no corpo.

e não dormiu. Não dormiu porque quando trocou de quarto senti-lhe eu que o sono já era outro. Já era um sono com a morte perto, sem a serenidade de quem dorme. Já era um sono distante.

Por isso, quando entro na salinha e vejo a secretária, sei que entro onde morreu a minha mãe. Não se morre onde o corpo se entrega. Morre-se onde se entrega a alma, e a minha mãe morreu no dia em que mudou de quarto e deixou o colchão de palha.

ALMOÇO

Faço o arroz. Compro-o na feira quando o mês está no fim e as compras que fiz no início não chegaram. Na feira aonde vou sozinha todas as quartas-feiras.

Dantes, ia eu e a Cidinha. Agora, continuo apenas eu, levantando-me com o sol e descendo, só mas decidida, a rua até ao largo.

A Cidinha faz-me muita falta, seguindo comigo por esses caminhos. Quando desço a rua penso sempre nela. Era sempre ela quem fazia o almoço. Fê-lo durante anos, habituando-nos o paladar aos seus temperos. Até que se cansou dos tachos e mo delegou. E comecei a fazê-lo eu, sentindo-lhe a morte a espreitar pelo cansaço que lhe ia vendo. A minha Cidinha, que nunca fraquejou, que teve um filho sem ter um pai para ele, que perdeu uma filha ainda criança, que perdeu o marido no mesmo ano da filha, ela que era uma mulher cheia da forma de como se deve ser mulher, ia, agora já velha, dizendo que estava no fim, chorando também a sua morte, sentia-lhe isso. A Cidinha sempre teve muito medo da morte, muito mais da sua do que da dos outros. Eu sempre tive mais medo da morte dos meus do que da minha, como se me tirassem força e me expiassem a alma. A Cidinha aguentou como pôde a dos outros mas sabia que não poderia aguentar a sua, que com a sua morte acabaria perdendo. E depois morreu o Augusto e ela desistiu. Morreu ele e morreu ela também, por muito que tenha vivido mais alguns meses. Deixou de ir comigo à feira, de chamar o táxi depois das compras feitas — era sempre ela que chamava o táxi —, de me arreliar com as coisas que achava que sim e que eu sabia que não.

Agora, às quartas-feiras, vou sozinha, não chamo o táxi porque não tenho quem mo chame. Venho a pé, fazendo o percurso que desci de madrugada numa subida íngreme ao meio-dia e penso que ela me faz muita falta. Que a feira sem ela não é a mesma. Que a comida que não é feita por ela não sabe ao mesmo. Que farei o almoço procurando-a entre os paladares. E que todos os dias a encontro. A ela e à memória feliz de a ver entrando pela porta da cozinha, pousar os sacos que trazíamos ambas da feira e, com os seus gestos largos, anunciar mais uma refeição com o seu toque.

O moço brinca junto ao tanque, vejo-o pela porta aberta que liga a salinha à lavandaria. Tem um balde cheio de água onde mergulha os brinquedos. Chego-me a ele. Toco-lhe a fronte, despenteio-lhe o cabelo encaracolado que, num gesto só, volta a pentear. Diz

— Olha, Bu, água.

e eu vejo o Fernando e o Augusto pequenos. O Fernando da idade do moço agora seu filho, o Augusto já mais crescido, nove ou dez anos de vida cumprida.

Saímos de casa no carro do Janela. Seriam talvez dois carros, tal a quantidade de gente. Conduzia o outro talvez um amigo que agora esqueci. Quem sabe se o irmão do Janela, ainda se dariam eles nessa época? Saímos com as toalhas, com os sacos da merenda, com a ânsia de ir mostrar aos moços o mar. O mar ficava longe naquela altura. Hoje, com os anos passados e desenvolvidos, já está mais perto. Mas naquela altura estava longe de mais para uma criança como o Augusto, inatingível para o Fernando, de tão pequeno. Quando dissemos ao Augusto

— Vamos à praia, vais ver o mar.

era ver a felicidade nele, um sorriso ainda maior do que aquele que sempre lhe conhecemos. E seguiu, levando com ele o cão que tínhamos na altura, sussurrando-lhe ao ouvido

— Tucho, vamos ver o mar.

repetindo-lhe muitas vezes, como uma reza

— Tucho, vamos ver o mar.

e afagando-lhe o pêlo com todo o desejo de ver o mar.

Saímos de carro e fomos até à vila junto ao mar. Tinha uma praia, certamente ainda hoje tem; areia, rochedos, ar fresco. O Fernando muito feliz, dizíamos até entre nós

— Era deixá-lo cá e ver se não lhe víamos todos os dias um sorriso.

e sorríamos com ele, brincando com o seu ar sempre fechado. O Augusto como nunca o vimos, como se a água fosse uma fome funda que tinha de ser saciada. Inundou-se de alegria e de força, era ele e a folia do Tucho. Nunca o tinha visto assim, tão próximo de si, como se fosse parte dessa água. Brincou, nadou, correu. E só lhe vi o ar triste já o horizonte tinha levado o sol e a noite começava a despontar. Viemos embora e foi ver os cabelos loiros, junto à praia, o Tucho e ele segredando-lhe novamente ao ouvido

— Temos de vir cá mais vezes, Tucho.

e limpando-se das últimas gotas, mesmo antes de entrar no carro.

Às vezes, quando olho o moço com as mãos na água, lembro-me do meu Augusto e da sua alegria, do meu

Fernando e do seu sorriso sempre tão fugidio, nesse dia tão presente. Então, desço até junto da porta da casa do Janela e pergunto-lhe

— Lembras-te, Janela, do sorriso dos moços naquele dia de praia?

Dantes, às quartas-feiras, o almoço era sardinhas. Das pequenas, que se fritavam mais rápido e se comiam bem quentes. Ia com a Cidinha à feira, subíamos de táxi por volta do meio-dia e, enquanto eu estendia uma roupa, ela começava a tratar do almoço. Mesmo quando a reforma ainda não tinha chegado isso acontecia. Até as minhas colegas do posto médico sabiam e não diziam nada. Muitas vezes lhes pedi que me picassem o ponto à quarta-feira de manhã. Era um dia sagrado, como o são os domingos. Só as crianças se vestiam como se vestem à semana e não iam à missa.

A Cidinha fritava as sardinhas em duas frigideiras. Nunca soube porquê, nem nunca perguntei. Sei apenas que o fazia desde sempre e que uma pergunta desse tipo podia ser tomada como uma afronta. Por isso me calava quando a via gastar o dobro em gás, em óleo, em trabalho. E não era por ter muita gente para o almoço. Uma frigideira grande chegava, sabia-o eu e sabia-o ela. E, no entanto, todas as quartas-feiras, dois bicos do fogão eram reservados para fritar as sardinhas. Um também tinha como função aquecer o arroz e o outro, o maior, aquecer as batatas cozidas e a hortaliça que tinham sobrado de terça. Todas as terças à noite o meu António, os miúdos quando eram miúdos e ainda aqui viviam ou apenas o Augusto quando o irmão se casou, sabiam que o jantar era bacalhau, batatas cozidas e hortaliça. A Cidinha cozinhava sempre a mais, na terça-feira, para que sobrasse para quarta e, assim, o tempo que acabávamos perdendo na feira fosse compensado pelo adiantado que o comer já levava. Sobrava hortaliça, sobrava batata. Bacalhau menos, é certo. Fazíamo-lo sempre mais contado para que não chocasse com as sardinhas. Quando sobrava, no entanto, não era um problema muito grande. Passava o almoço de quarta incólume e à tarde, bem, à tarde o Augusto dava conta dele. Sempre comeu mais fora do horário das refeições, aquele rapaz. Sempre tentei meter-lhe algum juízo naquela cabeça dura, mas ele era bem parecido com o pai, não havia como.

Agora as quartas estão cinzentas como o tempo é cinzento no Inverno. A comida já não sobra de terça porque já não a faço sobrar. Porque na terça já sou só eu e o António.

Deixei de trazer sardinhas. O meu António já me perguntou

— Que se passa mulher, já não há sardinhas na feira como dantes?

eu disse que sim com a cabeça, respondi

— Se calhar.

ele olhou para mim, que eu vi, mesmo com a cabeça baixa, enquanto punha a comida na mesa, e percebeu, que eu sei que percebeu. Nunca mais me perguntou nada das sardinhas, nunca mais me disse que tinha saudades. Mesmo não sendo quarta-feira, eu tenho saudades das sardinhas. Não só porque agora é sempre uma correria, sem comer destinado desde terça e sem tempo para arranjar nada de jeito quando chego da feira, mas porque me faz falta a Cidinha. E as sardinhas eram dela e de mais ninguém.

— O pai nunca mais morre para eu ficar com o lugar dele.

a frase que eu repetia em criança, vezes sem conta, quando chegava à cozinha, vindo do quarto, depois de ouvir a mãe chamar

— Rapazes!

entrava na cozinha e já o pai tinha chegado da fábrica, se tinha sentado no seu lugar. Tu cobiçavas-lhe o relógio, eu o lugar ao almoço. E assim dividíamos a cobiça pelos dois.

Repito a frase todos os dias, entro na cozinha e vejo o miúdo a fitar-me de olhos grandes, as suas mãos no ar procurando as minhas e o pai sentado no seu lugar de sempre. Repito

— O pai nunca mais morre para eu ficar com o lugar dele.

e procuro nesta frase infantil ser grande. Procuro-a como uma cerimónia, como se me vissem ser mais do que o Fernando, garoto pequeno, procurando as mãos dos outros e os seus carinhos, os carinhos do irmão, da mãe, da avó, do pai. Sinto, todos os dias, ao abrir a porta da cozinha, que não cresci. Que mesmo com o miúdo a procurar o pai de braços no ar, que mesmo com a responsabilidade que um trabalho nos dá, não sou mais do que uma criança à procura do lugar do pai. E todos os dias repito a frase como se dissesse na missa

— Pai nosso que estais no céu.

como o digo todos os domingos, em coro, com as vozes da assembleia

— O pai nunca mais morre.

procurando ser finalmente crescido. Cortem as árvores para que se possa crescer para o sol, para que as sombras desapareçam e deixem que o ar fresco vindo do céu nos ilumine o espírito. Cortem-se os pais para permitir que o seu lugar seja dado aos que querem finalmente crescer. Deixem-me rezar na missa

— Pai nosso que estais no céu.

com a propriedade que a frase traz. Como se fosse tempo de crescer mais um pouco sobre os despojos da vida dos outros.

O miúdo abraça-me. O pai levanta os seus olhos aos meus. A mãe diz

— Vais ter de esperar um bocadinho.

quando abro a porta da cozinha, espero que a carne acabe de fritar e já a não ouço chamar

— Rapazes.

porque já rapazes não há. Já só existe a criança entrando para o almoço e um pai no lugar que um dia será o dela.

Eu espero, Augusto, que a mãe termine de fritar a carne e que o pai um dia me permita ser maior. Como esperei por ti, que chegasses ao fim. E repito-me na voz da mãe

— Vais ter de esperar um bocadinho.

Existe o antes e o agora. Eu sei o que foi esta casa noutros almoços, tomei parte neles. E detenho-me muitas vezes nos olhares de quem amo, não vendo o presente mas recordando o passado.

O António chegava a horas da Reguladora, a Justina chegava no carro do Janela, que a trazia do posto médico. E eu tinha a comida feita a horas para os dois. O Manuel Augusto dormia até tarde, não comia. O José Fernando estudava na cidade, lá ficava vivendo a sua vida. E aqui, nesta mesma cozinha onde agora todos entram e saem, éramos só nós três: eu, a Justina e o meu filho António. Um corpo no quarto não serve de aconchego a três velhos, sentia.

Não havia nem confusão nem discussão. O António acabava comendo sozinho, a Justina a tentar ajudar-me no que fosse preciso, deixava-o sempre entregue à sua refeição. Ou, então, quando a minha paciência acabava e eu a enxotava da cozinha, ia para o quintal ou para o tanque. Eram tempos tristes, vazios de gestos e de situações. Eram tempos que, como a História, se acabam sempre repetindo.

Embora ao jantar e não ao almoço. Dois velhos sentados ao anoitecer, aguardando que os dias passem até que a velhice imponha a morte. Sem falas, gestos ou situações que acrescentem um pouco de felicidade que seja às suas vidas.

Agora o almoço tem o sabor das brincadeiras da criança, lembra-me o Manuel Augusto e o José Fernando pequenos. O jantar, o crepúsculo e a noite aguardando apenas uma diferença que nunca aparecerá.

Agora a cozinha tem a criança inundando-lhe o silêncio. O José Fernando acompanhando-lhe os gestos

— Bó, tenho fome.

e lembrando os dias em que outras crianças pediam outros carinhos. Como o horizonte, a vida: vales e montes construindo os anos, aproximando do céu a felicidade no recorte da paisagem.

Ouço o moço chamar

— Pai!

e repetir o nome de quem lhe deu um sentido à vida por a ter tornado uma. E falo-me então um pouco do meu padrasto, a quem acabei chamando pai.

Estou sentado nesta mesa com o barulho que a minha Justina, o moço e o silêncio do Fernando fazem. E penso no meu pai, no que representa uma palavra na vida de um filho. Penso no que represento eu na vida do Fernando, sentado ao meu lado, pedindo-me que lhe passe a travessa como um carinho, tê-lo-ei dado? E penso no moço, se dará o Fernando ao seu filho aquilo que nunca de mim recebeu — um afago.

A minha mãe impunha

— Quero que lhe chames pai.

e eu dizia-lhe que não. Porque o meu pai, aquele que não foi o único e que me morreu quando deixou a minha mãe entregue apenas à sua solidão, com uma criança, eu nos seus braços tentando dar-lhe aconchego e necessitando tanto dele, esse era uma esperança a vir um dia e eu não podia gastar o nome noutro que não ele. Era a minha primeira esperança quando criança me levantava, olhava o sol. A espera. Era olhar lá para fora e todos os dias sentir a sua ausência. Era a esperança vã, triste e abandonada. Era a minha primeira desilusão.

Por isso não chamava pai ao meu padrasto, único pai verdadeiro que tive e que foi o homem que a minha mãe merecia. Porque o nome era sinónimo da desilusão e o meu único verdadeiro pai não merecia, como a minha mãe nunca mereceu, ser confundido com o som de uma esperança inexistente.

Ouço o moço chamar

— Pai!

e chamo-o neste almoço eu como quem estende um afago ao Fernando. Para que eu possa conquistar o aconchego que essa palavra deve dar a uma criança, para que eu possa aprender a chamar filho a quem me pede a comida na travessa.

No fim do almoço, o café. O pai absorto, velho, sentado no lugar que eu quis meu.

O pai levanta-se sofrido. O corpo é velho, arrasta-o pelo ar. Dá dois passos velhos, chega-se ao lado da banca, liga a máquina do café e o fim do silêncio. A máquina interrompe os acenos do Rafael, a mãe dizendo

— Comei.

como o diz sempre. A máquina levanta o seu rugido como a cruz, espetada no calvário, levantou o seu. É toda a memória que vem com ela, todos os pecados do mundo que inundam o meu corpo, o meu pensamento. És tu, Augusto, a morte desejada, a morte querida de um irmão. É uma fala, uma fala apenas que se aproxima do fundo da memória

— Nunca mais acorda, o rapaz.

como um sorriso, como uma mágoa depois

— Mas é deixá-lo estar, trabalhou muito, certamente.

dizia eu, respondendo ao pai, respondendo à máquina e ao seu rugido.

Fui sempre eu quem te salvou dos olhares frios com que o pai acompanhava todas as palavras. Fui sempre eu quem serenou a sua falta de entendimento de uma profissão de escritor. Eu, Augusto, que a entendia tanto como o pai, mas que via em ti tudo aquilo que não fui, tudo aquilo que queria ser.

E o pai perdoava-te sempre o sono porque eu lhe explicava a noite que passavas com a lâmpada acesa, as palavras que escrevias como uma vida. Eu, que te não perdoava, que só queria o seu amor, via-o, depois da minha frase

— Mas é deixá-lo estar, trabalhou muito, certamente.

aumentar os gestos com as suas mãos, com o seu olhar, com a sua voz forte, e perguntar, como o perguntava sempre, já naquela altura um pouco gasto e velho, obrigado apenas pela condição de pai

— E tu, queres café?

a sua voz forte, o seu olhar a dizer do pouco respeito que me tinha. Fui eu, no entanto, quem lhe deu o neto para inundar de vida aquele começo de velhice, para que na falta de alguém existisse outro sorriso que pudesse completar a casa. E faltou, Augusto: tu, depois a avó. E ele? Ele agora ainda mais velho e gasto, ligando os barulhos da memória naquele remoer da máquina do café e perguntando, com pouco mais querer do que antes

— E tu, queres café?

TARDE

Saio da cozinha com o moço pela mão. Deixo os tachos com a minha Justina, o Fernando preparando-se para ir novamente para o trabalho. Desço as escadas, abro o portão, piso a rua. Digo

— Desce o degrau, Rafael, e olha para os dois lados.

e atravessamos a rua, agora alcatroada, prosseguimos para o novo passeio. Dantes não havia passeio, a rua era larga com toda a largura que a terra lhe dava. Depois fizeram com o paralelo os limites para os carros e deixaram a terra nos passeios improvisados. Depois mataram o resto de terra sem piedade, cobrindo-a de alcatrão do lado da nossa casa e de cimento do lado da casa do Janela. É uma rua nova, esta onde moro e digo ao moço

— Desce o degrau, Rafael, e olha para os dois lados.

e seguimos pelo passeio até ao cruzeiro. Até o cruzeiro está rodeado de alcatrão, até a igreja, até a entrada do cemitério. É como uma nuvem escura o alcatrão, entrando em nós como uma nuvem entra sem licença no céu. Caminhamos os dois de mão dada e o moço diz

— A rua, Bu.

diz

— A casa, Bu.

olhando para trás. Quando sai vê o pai na cozinha. Quando volta, depois do passeio, já o esqueceu. Todos os dias o esquece durante o passeio até ao cruzeiro, até ao cemitério. Poupo-o à separação, passeando com ele, lembrando-lhe a rua, a igreja e a estrada, a estrada que é agora mais dele do que minha. Todos os dias digo ao pai que o passeio por entre as árvores mas passeio-o por entre as lápides.

Entramos no cemitério e percorremos um pouco o carreiro central. Ao lado das campas estão as vassouras e os baldes que as viúvas deixam de sábado a sábado. Penso em quem terá começado, quem terá deixado pela primeira vez a vassoura e o balde: terá pensado uma das mulheres, depois de lavar a campa, enquanto limpava as mãos à saia preta, que ninguém levaria embora uma vassoura e um balde velhos? Ou tê-los-á deixado num dia de chuva, quando precisou de correr para casa para se abrigar e lhe atrapalhavam a fuga?

É logo à entrada do cemitério. À esquerda, deitados sob o chão, estão a minha mãe e o meu filho. Estão um ao lado do outro, mesmo tendo a campa duas funduras. Porque não se pode colocar ninguém por cima antes de terem passado cinco anos, contou-me o coveiro quando lá deitámos a minha mãe. E ela morreu ainda só se contavam meses da morte do meu filho.

Tem, todos os dias, as flores frescas. Porque a minha Justina não deixa, nunca deixou desde que o nosso filho morreu, que as flores secassem. Muda-lhes a água, arranja-lhes os caules. E as flores nascem do canteiro que está no topo da campa.

Eu e o moço paramos sempre um bocadinho em frente da campa. Ele olha muito os retratos nas lápides. Toca-lhes com o seu dedo pequenino e eu, com aquele dedo a roçar a barba do Augusto ou a face macia da minha mãe, sinto-lhes a pele quando, todos os dias, fecho os olhos e deixo que o cheiro das flores frescas me entre no peito.

É quando as pessoas saem que a casa se enche. Porque o silêncio é do tamanho das paredes da casa.

É então que me posso finalmente sentar. Deixo o avental na banca, olho resignada a mesa vazia. E sento-me, acompanhando a cozinha numa solidão que é só nossa.

Dantes, a Cidinha enchia toda a cozinha com a sua voz alta, autoritária; o seu corpo farto, sempre presente; o seu olhar na ponta dos dedos, obrigando cada um de nós. Eu deixava-me estar sentada, pensando nas galinhas, no meu quintal. Quando me levantava, depois de comer, a voz alta da Cidinha dizia-me como uma mãe

— Vai dar de comer à cadela, que eu trato disto. Despacha-te, senão o Janela vai-se embora e depois quero ver como é que chegas a horas ao trabalho.

e eu ia. Ia muito, era como uma mãe quem mandava e eu sentia-me criança outra vez. Ao almoço, vendo por detrás dos olhos a minha cadela e as minhas galinhas, comia num ápice para ouvir como uma mãe

— Vai dar de comer às galinhas, que eu trato disto.

e me sentir filha outra vez. E só quando a sua voz alta se ouvia lá de baixo, logo depois da buzina do Janela

— Olha que o Janela já chamou, está à espera!

só aí descia para o meu trabalho.

Ela ficava em casa, acompanhando o Augusto na sua tarde e por ele sendo acompanhada. Ajudava-a muito, o meu filho. Fazendo-lhe a vida mais feliz por não ter só para si uma casa tão grande.

Agora a casa é grande apenas pelo silêncio que é o meu. E eu percorro a serenidade que ele me oferece. E penso como sou feliz nesta solidão, sem a Cidinha a inundar a cozinha com o seu corpo farto, sem o Augusto a dormir no quarto o seu sono breve. Porque sinto a vida inevitável no seu sentido e adapto-me a ela sem o remorso que a memória nos pode dar. Tenho saudade, muita, da voz da Cidinha, do corpo do Augusto que sabia no quarto, fundo na casa. Mas tenho-me ainda com a vida que Deus me deu e deixo-me, sentada nesta mesa, com a memória de quem cá esteve, dando-lhe graças.

Vejo, lá fora, o calor a entrar pela bouça, secando a terra e tudo o que dela se tenta levantar. A porta está aberta, o Rafael e o António já devem estar para chegar e o silêncio que a paz me oferece será levado pelo rebuliço do menino. Irei deitá-lo assim que chegue, dar-lhe o sono que o dia delega às crianças e que lhe será retirado quando crescer.

Mas agora sinto o calor entrando na terra e lembro-me do Janela chamando-me na voz da Cidinha

— Olha que o Janela já chamou, está à espera!

e do posto. Era para lá que dantes o dia me levava. Fazer das fichas e cartões de beneficiário, verdes ou azuis, consoante a isenção ou a falta dela, o objectivo de uma profissão. Olhar os doentes que lá entravam, era nos olhos que lhes via a gravidade da maleita, era por eles que media a preocupação que também acabava sendo minha.

Mas nem sempre estive atrás daquele balcão, no posto, observando os olhares da doença e ordenando as prioridades de atendimento ao médico de família ou à enfermeira que lhes dava as injecções. Entrei no posto médico para limpar o caminho que eles percorriam até aos consultórios, os restos das injecções que lhes curavam as dores. E limpava, faltava-me o saber para fazer mais, para distinguir com propriedade os cartões azuis dos verdes e descobrir o que representava cada expressão. Mas aprendi.

Foi o Augusto quem me ajudou a completar o que me era exigido. Faltavam-me os dois anos do ciclo para poder ver as doenças no olhar dos doentes e eu fi-los com ele. Ajudava-me, corrigindo-me os deveres, preparando-me para os exames finais. Todos os dias, quando a noite deixava o posto encerrado, o Augusto abrigava-me no seu saber e fazia-me parte nele. A régua, o lápis, o raciocínio, as leituras, eu já velha e estudante outra vez e o meu filho como se de um professor se tratasse. E um exame chegou, e o Augusto saiu de casa comigo e disse-me

— Vais conseguir.

e eu fui. E outro exame chegou e disse-me eu

— Vou conseguir.

e consegui. E o posto deixou-me então distinguir os cartões nas suas cores porque os exames chegaram e partiram e eu era mais.

Deixei as limpezas e fiquei a partir dessa altura atrás do balcão. E vi como foram importantes as tardes em que, com a esfregona e o balde, percorria os corredores do posto. Porque as pessoas tinham a doença a pesar-lhe e os olhos caíam. E eu passava e limpava o chão e a esfregona fazia-o brilhar. E os olhos caídos nesse chão reflectiam a doença nos meus e davam-me a gravidade que eu entendia. Via nas expressões que o chão reflectia a dor ordenada de cada um dos doentes do posto, a dor da doença que depois, já atrás do balcão, sabia apenas com um olhar discernir e apaziguar.

Sentia-me no posto como se pudesse acrescentar. As galinhas faltavam-me, é certo, mas depois de lá entrar sentia que valia a pena deixar o quintal um pouco sozinho. Porque mesmo com o silêncio que o posto não tinha, era nas expressões dos outros que acabava buscando a paz.

Vem aí o menino. Vou deitá-lo. O calor lá fora seca a terra e tudo o que dela se tenta levantar.

Existe a criança, deixada nas mãos da Justina pelo António quando lhe diz

— Vai pô-lo a dormir, que já abriu a boca muitas vezes.

quando a ouve dizer o sono que só as crianças sentem como uma pertença. A Justina toma-lhe a mão e eu olho-a uma vez mais pelo olhar do meu filho.

A Justina sempre foi muito dada aos outros. Assim se notava nos gestos que tinha para os meus netos ou para o meu filho. Agora não, a ela a morte parece ter dado força, distância e vigor. Constrói os dias sem se ver uma só expressão de amargura, cuida do quintal, conversa com as vizinhas, olha pelo neto, pelo filho que lhe resta, até pela nora. Como se a morte do Augusto lhes tivesse trocado os sentimentos, é o António quem agora tem gestos mais sensíveis, dados, capazes de amar.

Regressarei à Justina daqui a pouco, agora vou com o António para a garagem. Vejo-o entrar com o olhar já baixo, como se a escuridão da garagem encerrasse o sol e a felicidade.

Entra o meu filho e segura a bata azul nas mãos, retirando-a do cabide na parede que ele mesmo pensou, projectou, mediu, fez durante duas longas tardes em que o tempo foi tão grande. Mais duas tardes passadas, cumprindo a vida e o que já não se espera dela.

E olha a bata como há pouco olhou o rosto do Manuel Augusto no cemitério. Como se se visse nela morto, com a vida que teve nela depositada, e já não sentisse nada — apenas o passado, o que foi, a memória, o que era e nunca será outra vez.

E os olhos derramam a ausência de um futuro. Primeiro apenas um nó que lhe sobe do estômago, depois uma saudade, uma sede no interior da boca, e um depósito curto de passado junto à retina. É só quando vê o torno que chora. Chora mais ainda e em segredo.

Passa a tarde pelo dia como se o dia fosse o mesmo. À sua volta, todos os utensílios: os parafusos que encaixam no ferro; as chaves de fendas que fendem os parafusos uma vez mais; os alicates grandes e pequenos com que acaricia os arames; o nónio que trouxe no último dia de trabalho — como um ladrão, pensa, como se um ladrão tivesse sido a sua vida inteira — na Reguladora. Tiraram-lhe a felicidade quando lhe chamaram velho e ele não resistiu: trouxe o nónio, o seu nónio de todos os dias, como se pudesse trazer a juventude, um pedaço dela, pelo menos, a juventude que a fábrica lhe dava.

Sairá da garagem já o dia espreita o seu fim. Cuidará da criança enquanto a Justina vai ao cemitério. Na casa onde existe sempre um tubo que precisa de ser pintado, cortado, acariciado. Sempre um banco de madeira que estava perdido e sujo e que precisa de ser pintado, envernizado, acariciado. Sempre uma calha, uma cancela, uma rede de arame para as galinhas da Justina que precisa de ser reparada, arranjada, acariciada. Como se o meu António quisesse com isso trabalhar, pintar, elaborar, acariciar o passado que nunca mais será presente.

E novamente a obrigação de ser responsável e acabar aumentando a existência dos outros. É com o nosso trabalho que um filho acaba um dia sendo pai, que um pai e uma mãe podem fazer as obras na lavandaria de que tanto necessitavam, que uma mulher pode sentir-se apoiada, que tu, Augusto, podias não aceitar os prémios que te ofereciam.

Atendo os clientes, vejo pela janela o dia que faz lá fora. E lembro-me da tua partida, deixando-me pequeno e só, à tua espera.

Saíste para a faculdade sem pensares que eu existia contigo. Por lá estiveste um ano que pareceu tanto maior do que os dias que o completaram. Eu era uma criança e precisava de ti como um irmão mais novo precisa de um saber mais velho, do teu, ensinando a defender melhor a bola, a melhor apanhar as formigas para alimentar as aranhas nas suas teias aos cantos do barraco. Foste e nem pensaste que, tão novo como era, eu acabaria por deixar morrer as aranhas. Porque, mesmo voltando como voltavas ao fim do dia, sentia eu que não chegavas, que te tinhas deixado na cidade onde estudavas.

Saí eu, anos depois, para a mesma cidade onde estiveste. E aguentei os anos a que o curso obrigou. E voltei, já decidido a não te sentir a falta. Enganei-me, claro, mesmo quando me casei e construí um lar não muito longe da nossa casa. Foi sempre como se fugisse para a frente mas te acabasse encontrando em cada curva da minha fuga.

A ti, Augusto, tudo era permitido. Até a loucura quando, obsessivo, te fechaste durante um ano no quarto e decidiste ser escritor. Tinhas pouco mais de vinte anos, roguei-te as pragas todas que conhecia por deixares a mãe na sua preocupação desamparada, o pai na ignorância que sentia por te ver fechado no quarto. Era eu quem te acabava desculpando, tentando dar um entendimento àquilo que nem eu poderia entender. Dizia ao pai

— Sabe como ele é, não ligue.

e era como se o seu desentendimento se voltasse contra mim por te defender. Acabaram desculpando-te, claro. E como não? Saíste de lá com um romance na mão que a seu tempo publicaste. Até eu, Augusto, que não conseguia deixar de sentir este frio que o sol a dar tão forte em ti me provocava, acabei sentindo o orgulho que as tuas palavras irradiavam.

Sentado neste banco, atendendo os clientes, a tua memória persegue-me. Quando alguém chega e me pergunta se sou teu irmão, que viu as tuas palavras, as críticas nos jornais, o teu nome, Augusto Ferreira Belo, inscrito numa qualquer publicação, persegue-me uma ambivalente felicidade: o orgulho do irmão mais novo e a ausência de luz pela sombra que sempre me fizeste. Tu e o teu nome para sempre impresso nas palavras que escreveste e naquelas tantas outras que sobre ti escreveram.

Existe a criança, deixada às mãos da Justina, que a vai deitar. Levanta-a mais uma vez ao alto à entrada da casa: os seus braços esticados ao céu. E entra, levando-a até ao quarto que já foi do Manuel Augusto. Lá está a cama pequena, os seus lençóis onde se prendem os sonhos da criança.

A Justina segura-lhe o corpo para a despir. A criança está de pé, olhando a avó, em cima da cama. E eu fito-a no olhar da Justina, vendo nela o corpo do José Fernando, o corpo do Manuel Augusto e eu, muito ela, despindo-os. A Justina cobre-lhe a pele com mimos, a criança enternece-se e ri-se com uma felicidade infantil.

O José Fernando. O Manuel Augusto. Em tempos diferentes, era eu quem os deitava naquela cama pequena e velha. Era eu quem despia os meus meninos, dando-lhes no carinho sobre a pele o sono que havia de ser o deles no início da tarde. Meninos pequenos e à vez, dei-lhes o mesmo afagar no cabelo a um e ao outro.

Eles foram crescendo como irá crescer esta criança. O Manuel Augusto primeiro, deixando a necessidade da sesta, aumentando nele a traquinice infantil e tão bonita. O José Fernando sete anos depois, percorrendo o mesmo caminho que o irmão, separando-se dele para as diferenças que já se iam notando.

Foram para a escola primária, depois para o ciclo. Foram para o liceu, até para a faculdade. Os tempos eram diferentes mas os caminhos os mesmos, o José Fernando percorrendo sempre o que o irmão já havia trilhado. Acabavam às vezes agindo da mesma forma e eu lembrava-me ao olhar o mais novo do que o mais velho tinha feito. Como nos deveres que a professora primária entregava a um e anos depois ao outro. As aulas eram de manhã, as crianças entravam em casa para almoçar e acabavam tendo quase a tarde inteira para brincar. Quase, porque só os deveres interrompiam a irresponsabilidade infantil que tinham e que eu, avó, tanto gostava de sentir. Ambos os faziam logo que o almoço terminava, não era preciso dizer

— Faz os deveres.

primeiro a um, anos depois ao outro. Faziam-nos no início da tarde como a sesta era no início da tarde — para acordarem deles disponíveis para toda a brincadeira.

Apenas as motivações eram diferentes. O Manuel Augusto fazia-os egoísta, sem medir a responsabilidade que implicavam. Fazia-os apenas para ter mais tempo para brincar e não sentir a ânsia que o fim da tarde a aproximar-se a passos largos trazia, por ter, ainda, de se sentar na mesa da sala de jantar e pensar nas cópias e nas contas. O José

Fernando, porque lhe tinham dito que assim era, via-os como uma missão que lhe tinham confiado. Não pensava em brincar antes deles, eram apenas o motivo para na manhã seguinte ser mais feliz à entrada da escola, dizer à professora

— Fiz, sim, senhora professora.

com uma expressão muito responsável de missão cumprida.

Olho a criança mais uma vez nos olhos da Justina, que a deita, e penso como as crianças se acabam deitando na cama pequena da mesma forma e acordando tão de outra maneira. Como se se deitassem todas ouvindo o mesmo carinho, a mesma história que eu, dantes, ou a Justina, agora, contava e acordassem dando-lhe sempre um final diferente.

Deixo o menino entregue ao seu sono e venho acabar de limpar a cozinha, dar os restos que ficaram à cadela. O menino fica no quarto, olho-o na sua inocência, vejo o que perdi por não ter deitado para a sesta os meus dois filhos. Existia o trabalho e existia a Cidinha, que o fazia como se de uma mãe se tratasse. Uma mãe para eles, para o meu António, até para mim, tão precisada de uma. Eu adormecia-os à noite, é certo, mas nunca lhes senti na face o ar que o Verão, no seu dia quente e luminoso, lhes deixava. Sinto-o agora na face do menino e, pela imaginação que existe em toda a memória, numa verdade que nunca existiu, na face deles outra vez.

Acabo de limpar a cozinha. A banca, os tachos, o chão, os restos para a Pequena. Sacudo a toalha na varanda para que os pardais venham ao canteiro e se saciem com as migalhas. Os despojos que deixaram na cozinha o António, o Fernando, o menino, brincando com o pão, partindo-o em três, mesmo que

— Não faças isso, Rafael. Não se faz isso ao pão.

e ele a não ouvir. E é no entanto igual ao tio, tanto com ele se parece que se diria até seu filho. Parte-o como o Augusto, apenas com menos experiência, maiores as migalhas que ficam. Basta-me, todos os dias, olhar para o Rafael e ver o meu filho, outra vez pequeno, partindo o pão em três mesmo que

— Não faças isso, Augusto. Não se faz isso ao pão.

o mesmo menino que dantes o não sabia partir e que me trouxe para casa a memória neste seu sobrinho.

Saio depois da cozinha e vou até ao quintal dar de comer à Pequena. Chegou trazida pelo Fernando, que a encontrou num jantar de Natal na vila há alguns anos, a vaguear por entre as mesas do restaurante, ainda pequena. E Pequena ficou em mim, mesmo que tenha acabado por crescer. Vejo nela o coração aberto que o meu filho Fernando sempre teve, trazendo-a para casa e dando-lhe um tecto onde se proteger e onde, ainda hoje, enrolada na mesma manta de há anos, dorme

— Dorme, Pequena.

digo-lhe eu todas as noites quando fecho a porta do barraco e a protejo do breu que a noite traz.

Foi de gestos como este que a vida do Fernando sempre foi feita. Lamecha, chamava-lhe o pai, quando ele, pequeno, lhe contava de mais um passarinho que encontrara ferido à entrada de casa, de que cuidava como um filho. Não é. O meu filho Fernando tem o coração puro e não hesita em dar do que pode e não pode seja a quem for. Trouxe-a pequena ainda o Augusto escrevia no seu quarto; ainda a Cidinha nos acompanhava a felicidade. E Pequena ficou, substituindo, na sua folia e no seu latir, as vozes que esta casa já perdeu.

Chego ao quintal e ouço o som dos pássaros chamando-me. Chilreiam, brincam, voam, debicando outras migalhas que outros lhes terão deixado. Colho algumas flores para levar mais tarde ao cemitério e vejo o passarinho com que adormeci o menino. Contando-lhe a história sem princípio nem fim onde um passarinho, sempre um passarinho, chega à janela, o olha, canta e adormece. Onde um pequeno pardal, sempre um pardal, lhe acaba dando o sossego ao trazer o sono numa tarde de Verão. O Rafael adormece esperando que o pardal o visite nos sonhos, isso lhe digo eu todos os dias. E todos os dias o sonha, isso vejo-lhe eu na cara feliz com que acorda.

Existe a tarde, a Justina a sair de casa e a ir ao cemitério. E eu com ela, olhando as flores que leva sempre na mão. Entra pelo portão — alto e verde — e eu entro no seu ferro depositando-me, por momentos, serena e em paz.

Vejo-a caminhando pelo carreiro de terra batida visitar o pai, a mãe, ao longe, onde o cemitério já é mais campo e menos mármore. Estão sem qualquer pedra sobre os corpos, apenas com a terra e as flores que nascem sem que ninguém as tenha plantado. Aí apenas acrescenta à campa a luz da vela no lampião antigo. Todos os dias a acende e todas as noites o vento da escuridão a apaga. Fará o mesmo junto ao filho, para quem guardou as flores que colheu no canteiro antes de sair de casa. Endireita o corpo, vem novamente rumo ao portão, olhando-o agora de dentro do cemitério.

Pega na vassoura que deixou desde a última visita e acompanha-a do balde que encheu de água. E eu vejo-nos nos rostos das lápides, com a vassoura na mão da Justina, com o balde já pousado junto à outra mão. Vejo-me a face, velha, e vejo o rosto do meu neto na fotografia que o meu filho António acabou escolhendo, com a barba, com os óculos, com o seu ar tão ingénuo e feliz.

A Justina vem como se cumprisse uma obrigação que Deus lhe deu, imaculando em cada dia o local onde jaz o meu neto e onde descanso também eu. Existe paz no seu vagar e serenidade na forma com que percorre com o olhar o cemitério. Mais do que uma tristeza, é para ela uma necessidade saber do despojamento que a morte nos permite, tantas vezes a ouço dizer baixinho

— Vou deixá-los aqui. Se me tiraram um filho e uma mãe como esta não há-de ser isto que me vai preocupar.

enquanto arruma atrás da campa a velha vassoura e o balde, agora já vazio.

Aguardo a Justina no portão verde de ferro. E ouço-a sussurrar num diálogo a uma só voz a forma mais fácil de depositar as flores na campa.

Pelo meio da tarde, depois de chamar o meu António da garagem, de lhe deixar entregue o sono do menino, saio de casa e vou até ao cemitério para visitar as campas do meu filho Augusto e da Cidinha, ver os rostos dos meus pais que o tempo vai esquecendo, mudar as flores e olhar a igreja, ao fundo, com o seu sino alto e a sua entrada antiga. E ouvi-lo, tanto que o esqueço, perdido em mim como um sereno ressoar diário. Conheço-lhe os toques como conheço a palma da minha mão. Sei o que dizem como uma fala antiga que me entrou quando nasci. Conheço a chamada para a missa, de manhã, ao fim da tarde ou ao domingo. A mesma que ouço quando estou em casa, ainda não são sete da tarde, e toca e pica e pica a chamar-me. Ou os toques mais raros, como a festa aquando do baptismo. A festa que se ouviu e que senti quando inundei de Deus as frontes dos meus filhos, o sorriso do Augusto e o olhar sisudo, choroso, do Fernando.

E conheço as badaladas com que a igreja chama os seus mortos para os enterrar no cemitério. Conheço-as porque me diziam

— Foi sicrano, foi beltrano quem morreu.

e eu ouvia. Ouvia o sino e a minha mãe repetindo os nomes de quem partira ao meu pai sempre que na freguesia existia um corpo a menos para encher, aos domingos, a igreja.

E as badaladas com que enterrei o meu filho. O passo apressado com que o meu António foi à casa do padre, dizendo-lhe

— Morreu, senhor padre Horácio, o meu filho Augusto morreu.

ou o passo já mais sereno, já mais habituado, com que se deslocou quando lhe foi dizer

— Morreu, senhor padre Horácio, a senhora minha mãe morreu.

e o padre, intuindo as palavras, chamando o sacristão. E eu vejo os braços do sacristão, os seus braços fortes pelos anos de manejo das cordas, a tocarem com força o sino. Duas badaladas e duas carreiras quando é mulher. Assim quando morreu a Cidinha, quando o António a matou à entrada da casa do padre dizendo

— Morreu, senhor padre Horácio, a senhora minha mãe morreu.

mais vezes quando o fez pelo meu filho Augusto. Quando é homem tocam três badaladas e três carreiras para dizer que partiu quem dava sustento à casa. E o Augusto dava à casa o sustento de que ela, na altura, parecia não precisar. Só quando faltou, como acontece sempre, é que se notou a importância das coisas que pareciam tão insignificantes: um sorriso, o arrastar sereno do roupão pelo corredor, outro sorriso, os papéis que trazia sempre com ele, como fazendo com ele um corpo só: a companhia que nos oferecia sem exigir nada em troca.

Mas não foi pelas vezes que ouvi o sino, enquanto o meu filho jazia na cama com a sua pele já fria, que o senti mais alto. Foi pela dor lancinante quando tocou para mim. Não era sicrano ou beltrano quem morrera, como dizia a minha mãe. Era o meu filho. E, se para as outras pessoas era apenas uma morte a mais, para mim era a única. A única morte que me poderia um dia fazer entender o sino como se fosse uma fala antiga que me entrou quando nasci.

A Justina sai de casa e eu fico com o moço ao meu cuidado. Deixo a garagem, percorro a casa na sua acentuação aberta, digo-lhe a última sílaba no silêncio da cozinha, da sala de jantar, da amargura de uma vida vazia.

Penso nos dias que virão sem a Justina — caso ela vá ao cemitério uma vez mais para nunca mais voltar — nesta casa fechada e em silêncio, o moço já grande e à guarda dos olhares dos pais, eu só. Penso no que poderei sentir sentindo-o agora como uma ausência definitiva e diária. E desisto. Nada haverá a fazer, cá ficarei aguardando que o Deus em que não acredito me chame.

Enquanto espero, espero o acordar do moço como esperei o meu no seu beijo da manhã. Sai do quarto com o pouco que veste, uma camisola interior que lhe toca os cotovelos, larga, e a face quente do sono da tarde. E vem ter comigo à sala de jantar onde pouso os olhos no dia que vem acontecendo. Ouço-o chamar, espreitando pela porta

— Bu!

como se ouvisse o som da felicidade, uma surpresa diária que sabemos irá acontecer.

Ouço-o repetir, todos os dias,

— Susto, Bu!

depois do som do meu nome, o nome com que me chama primeiro como se me quisesse dizer da brincadeira que prepara.

E eu sorrio-lhe muito, digo

— Ai que susto!

digo

— Então, dormiste bem?

e abraço-lhe o corpo junto ao meu, pegando-lhe ao colo e ajeitando-lhe os caracóis despenteados pela rebeldia dos sonhos.

É o moço quem verdadeiramente me acorda de manhã. E ainda mais à tarde quando o tempo é a amargura dos dias que são todos os mesmos. Acorda-me no seu beijo de bom-dia à tarde, sem ninguém nele que não, se calhar, o Deus em que não acredito e acaba dizendo, no seu abraço quente, espreitando pela porta da sala de jantar e aguardando o ajeitar dos caracóis,

— Susto, Bu!

Quando, à tarde, saio do banco, ando de carro pelas ruas da vila atravessando a praça onde brinquei contigo, o recinto da feira para onde, em criança, fugia contigo.

Era pequeno, eu. Tu maior e mais velho, protegendo-me. E ambos tínhamos toda a vida aguardando que os anos passassem por nós. Dizíamos apenas à avó Cidinha

— Vimos já!

e saíamos de casa com a alegria que ambos, tu e eu, ansiando a bola no recinto da feira, tanto tínhamos.

Descíamos as escadas saltando os degraus. Fechávamos o portão com estrondo. Percorríamos a estrada até ao cruzeiro atirando um ao outro a bola que a mãe tinha comprado para brincarmos no pátio. Corríamos rua fora, passando o cemitério e descendo a rampa que ligava a igreja ao Campo dos Bargos, onde, ao domingo, o pai nos levava ao futebol.

Chegávamos ao recinto da feira e jogávamos. Eu e tu, Augusto, como se fôssemos um só, passando a bola de um para o outro, festejando os golos, abraçando-nos aos golos.

Tínhamos um amor que era só nosso. Que invejavam todos os rapazes que connosco jogavam à bola, que me viam como o menino de quem o Augusto gostava mais do que tudo, em quem ninguém podia tocar. Era um amor que nos dava a diferença de idades, os sete anos que me separavam de ti, que havias cá estado sem mim, aprendendo tudo para depois me poderes dizer, contar. Um amor que sentíamos eterno, como eternos sentíamos todos aqueles que amávamos — o pai, a mãe, a avó Cidinha; até a casa.

Sabes, Augusto, que te vejo todos os dias neste recinto da feira por onde me obrigo a passar? Porque as crianças que lá brincam são tu e eu outra vez, novamente com a bola e o abraço de quem se diverte — e os avós em casa, preocupados, sentindo que os meninos lhes fugiram.

Digo-te, meu irmão, que não passo por aqui por necessidade mas por querença. O caminho mais curto para casa dos pais não é este, não me obriga a atravessar o recinto da feira, nem o Campo dos Bargos, nem a igreja. Mas sinto-me eu obrigado, todos os dias. Obrigado a estar um bocadinho mais contigo, sem a tua maldita morte.

Tento, assim, que também tu me possas perdoar o que tantas vezes pensei. Do pai, que sinto saber a morte que tanto desejei, não espero nem perdão, nem compreensão. Espero, apenas, que seja possível um dia pensar nele dando-nos a mão aos domingos para vermos o futebol no Campo dos Bargos com a mesma felicidade com que te vejo fugir comigo para o recinto da feira.

A Justina já não demorará do cemitério aonde foi mudar as flores às campas dos mesmos mortos de sempre. A Justina quer mudar as flores para dar vida à morte, sei-o. Mas os mortos não ressuscitam, nem com o cheiro das pétalas, nem com a fé.

Virá para casa para cuidarmos do moço. Ele sai, por vezes, com ela à mercearia, outras vezes comigo ao Campo dos Bargos para assistir ao treino. A Justina deixará a igreja e o cruzeiro para trás e subirá forte e decidida as escadas. A Justina é forte, vale por dois.

Vezes sem conta me quis obrigar a ser como ela. Principalmente quando a velhice se consumou com a reforma. Como se eu conseguisse, mesmo que só de vez em quando. Fui-lhe notando que isso já não bastava quando me disse

— Vamos na excursão da igreja, disse-me a D. Alexandrina que há uma daqui a quinze dias.

para esquecer o dia pela diferença que lhe incutíamos e lembrar excursões que se faziam no passado.

Depois da reforma fui apenas uma vez, não só porque não acredito em invenções que nos dêem mais felicidade, mas também porque me cansam as conversas que a velhice trouxe àqueles que, dantes, tinha como amigos. Somando a isto as beatas que parecem trazer sempre com elas o padre em cada excursão, disse-lhe que não, que ficaria, que fosse ela. Quando ambos ainda tínhamos o trabalho que nos cansava a semana, fomos algumas vezes nessas excursões. E eu gostei. Só quando o fizemos uma derradeira vez, já depois da reforma, só aí notei a mudança dos discursos, as beatas e o cansaço.

Disse-lhe para nunca mais. Não sei se terá ela um dia vagar para ir sozinha, mas, se for, que me deixe em paz em casa a arranjar mais uma calha ou uma grade ou a olhar pelo moço que me sorri o sol.

Existe o espírito no olhar da Justina, vendo a criança acordada quando regressa, censurando o meu filho António

— Então, não o vestes?!

e ele a não a vestir sempre. No olhar do meu filho António, respondendo à mulher

— Não vês o calor que está?

e ajeitando mais uma vez os caracóis da criança.

Levam-na pela tarde, vestida com o seu calção de criança, os sapatinhos ajustados ao pé pequeno, descendo as escadas até ao portão e indo, umas vezes com um, outras com outro.

Leva-a o António ao campo de futebol, como levava os filhos ao domingo para verem o jogo. E eu, acompanhando-lhes o olhar, sinto no meu filho a saudade que um passeio antigo lhe deixa.

Quando leva a criança, o António leva com ele novamente os dois filhos. Mesmo que um esteja agora entregue ao trabalho na vila e outro à terra, o António leva no Rafael as brincadeiras que os dois moços faziam todos os domingos. E eu noto-lhe a alegria de poder ainda hoje, e já não só ao domingo, levar uma parte de si e ensinar à criança o gosto que sempre teve pelo futebol, os treinos e os jogos no Campo dos Bargos. E passa a saudade dos filhos pela mão com que segura esta criança, esta criança que acrescenta mais um bocadinho de vida ao seu dia.

Como também tanto acrescenta à Justina, que a leva noutros dias quando precisa de ir à mercearia comprar presunto ou chouriço para tornar a merenda mais apetecida. Vai pela mão, a criança, o sentido é o inverso ao passeio do meu António. Vai pela mão da avó observando a natureza e rindo dos pássaros com que ela a adormece ao início da tarde. E a avó conta-lhe mais uma história, dizendo-lhe das aves e do respeito que elas têm de lhe merecer. Espera acordá-la para um mundo melhor com o mesmo com que, todos os dias, a tenta adormecer.

E eu vivo nela mais um dia, habituando-me à sua inocência e à mão segura com que segura os avós nos seus passeios.

CREPÚSCULO

Chego a casa dos pais, vejo o pai ao longe na varanda e sinto-me pequeno, do tamanho da infância. Vejo-me junto às grades, esperando que o pai chegue da fábrica, a mãe do posto médico e tu, Augusto, da escola. Separam-nos sete anos, eu estou pequeno aguardando a tua chegada do ciclo. Virás, que eu sei. Ver-te-ei a chegar da escola. Ouço-te logo que passas o cruzeiro, dizendo alto

— Tucho!

e eu a querer que fosse a mim que chamavas. Não era. Até esse cão de pêlo claro e longo tinha prioridade nos teus afectos. Ele desce do quintal, salta os canteiros, quebra os caules das flores. Desce as escadas, ansioso, como se fosse a primeira vez que alguém o chama, até ao portão. E eu, pequeno, agarro-me com força às grades da varanda sobranceira ao pátio e peço para ir com ele merecer os teus carinhos. Trazes os livros na extensão do braço, com o outro levantas a mão e repetes

— Brincaste muito, Tucho?

enquanto abres o portão e o cão te salta às pernas. Fazes-lhe uma festa e só então olhas a varanda onde te aguardo. E é nesse gesto em que acenas com a cabeça, como que cumprimentando um estranho, que eu vejo que até o cão tem direito a mais felicidade do que eu.

Hoje, Augusto, chego pelo mesmo lado que era o teu. Estaciono o carro, saio, a cadela ouve-me os passos e faz o mesmo caminho que o Tucho. Sinto-a a descer as escadas e olho na varanda o miúdo. Está lá e espera-me como eu a ti. E, se tu não chegas mais, chego eu para ele, dou-lhe a felicidade que consigo, pouco ligando à folia da cadela. Está agarrado às grades, sorri. E pergunto-lhe, mesmo antes de abrir o portão

— Brincaste muito, rapaz?

com a preocupação que um pai tem na vida que criou. Faço o mesmo percurso que tu, vindo do ciclo, fazias para mim. Mas não sinto a tristeza que a saudade podia trazer, antes a imensa felicidade de um dia permitir ao meu filho uma memória mais feliz. Vês, Augusto, como é preciso outra vida para que eu possa esquecer a tua?

Termino a tarde sentado na varanda, espero a chegada do Fernando, já o vejo encostar o carro ao muro da garagem.

O moço pressente o pai e agarra-se às grades, ansiando o seu beijo de boas-tardes. Levantar-me-ei da cadeira e irei, já na companhia do meu filho, merendar o chouriço ou o presunto que a Justina trouxe da mercearia.

A casa acorda com a chegada deste meu filho. O moço desperta com a visão do pai e existe barulho, pratos que se tocam durante a merenda, brincadeira, vida. Não precisava a casa de nada que a acordasse quando o meu filho Augusto aqui vivia as tardes. A sua presença era suficiente para que a vida se estabelecesse definitiva no quarto, na cozinha, nesta varanda. A minha mãe contava-me muitas vezes, chegado eu da Reguladora, como a tarde tinha sido brilhante por causa dos olhos azuis com que o Augusto habitava a casa. Acompanhava-lhe as horas, ajudava-a nas tarefas que fazia suas. A minha mãe teve durante anos quem lhe tornasse o dia mais feliz, morreu muito quando a solidão se lhe impôs pela morte do meu filho.

Só quando a tarde terminava as suas horas ele se começava a recolher. Uma primeira ausência ao crepúsculo, na mesma altura em que eu agora me sento nesta varanda, esperando o Fernando. Eu, chegado da Reguladora, via-o sentado, perguntava

— Que escreves nesta varanda, filho, se é à noite que te ouço de volta da máquina de escrever?

e ele dizia-me das notas que são essenciais para que existam as vidas de que um texto necessita, como se a vida que inventasse não fosse inventada mas a mais pura verdade. Ele escrevia a verdade sentado à secretária, à noite, mas procurava-lhe os contornos, todos os dias, sentado na varanda, vendo a vila ao fundo da imagem.

Recordo-me do Augusto, no ano em que não tratou de nada excepto do seu primeiro livro. Deixou crescer a barba, o cabelo, até a sujidade, via-a eu bem nos lençóis que a minha mãe acabava mudando mais vezes. Muitas vezes lhe repetimos todos

— Assim não pode ser, Manuel Augusto. Que fazes tu metido nesse quarto?

e ele sem sair dele para ninguém. Estava no quarto como estou hoje na garagem. Como se vivesse nele a velhice que a morte lhe acabou negando. O Augusto viveu toda a velhice num ano obsessivo. Comia pouco, emagreceu, descurou o que lhe era mais essencial: a higiene, a simpatia, o trato com os outros. Ele que sempre foi tão afável com os seus.

E lembro-me dele já mais tarde, quando a vida lhe permitia o sucesso e a paz: voltava a nós ao jantar, a reclusão definitiva só vinha com a noite. A casa estava sempre acordada, dizia-me a minha mãe e sentia-o eu ao chegar do trabalho. Agora tenta o Fernando tomar o lugar do irmão, mesmo que apenas neste pouco tempo em que comigo merenda, vem buscar o moço. Consegue-o pouco. Não há possibilidade de colmatar o brilho dos olhos do Augusto. Por muito que tente.

— Não batas assim o portão, Fernando.

diz-me o pai como se lhe tocasse numa ferida. Entro em casa e deixo o portão negro bater com força. Como se num só gesto se libertasse todo o dia que passou — no banco, com as mais-valias dos outros, com os dinheiros, as vidas que os dinheiros representam, os problemas que os outros nos oferecem sem que os tenhamos pedido; no banco, contigo perguntando

— És feliz?

e eu a não conseguir responder; no banco, eu, só eu, e a minha vida — como se me levantasse no ar quando começo a subir as escadas, ouço o portão bater com força e depois o Rafael, dizendo

— Pai.

e eu sinto, finalmente, um ar ou uma utilidade.

É o portão negro que me liberta o corpo. Quando morreste, Augusto, ficou a casa sem ninguém para o bater com força — eu, sabes bem, acompanhava o portão até ao trinco, não fosse ele gemer com o meu descuido. Quando morreste, nasci então eu. Pude finalmente sentir a força do portão todo, todo o ar que se liberta de nós, como se expirássemos, e ouvir o pai

— Não batas assim o portão, filho.

como se fosse contigo que falava.

E entro, depois. E beijo a mãe, pego no Rafael ao colo, dou-lhe um beijo e pergunto-lhe outra vez

— Brincaste muito, rapaz?

como se perguntasse a mim mesmo se sou feliz.

E deixo-o lá mais um pouco com o pai, antes de merendar alguma coisa e de a mãe sair para a sua missa. E deixo-o lá para poder subir um pouco ao quintal, nas traseiras da casa. Passo pela cadela, faço-lhe uma festa. Olho as galinhas da mãe, olho o barraco. E subo à placa que as obras fizeram no barraco, como subia às tábuas de zinco que lá estiveram tantos anos. Subo as escadas ao seu lado, atravesso um carreiro por entre o quintal de cima e paro, sereno, olhando o que aquela paz, no cimo daquele barraco, me deixa ver.

Este é o meu sítio. Este é só meu. Tu nunca soubeste, Augusto, desta minha paz, nunca a pudeste roubar. Porque aqui sou só eu, as nuvens e o céu. Nuvens de trovoada, às vezes, quando são muitas e se tocam, largando conversas como trovões, olhares como relâmpagos. Mas não faz mal, este é o meu sítio.

Saio da cozinha e vejo o meu António sentado na varanda, o menino com ele. É depois de limpar mais uma vez o pó da casa que o dia acaba deixando que percorro o fim de tarde até à igreja. Preparo-lhes a merenda e deixo-os, já cá não estarão nem o Rafael nem o Fernando quando de lá vier. Estará apenas o António, os seus olhos pedindo companhia numa casa vazia.

O Fernando pega no menino, olha o pai e pergunta-lhe pelo lanche

— Então, patrão, lancha-se nesta casa?

perguntando-lhe pela solidão, da maneira de serem ambos menos a solidão um do outro e mais um pai e um filho, comendo o pão e o chouriço.

Porque a falta do Augusto deixou neles uma liberdade que a sua presença nunca lhes permitiu. Sentia-o eu e sentia-o o Fernando, bem lho via no olhar, todos os dias. A merenda era maior, o menino apenas um corpo a ser um dia.

E as conversas sempre circunstância de uma família, queria o Augusto, necessidade de existir nela, mostrava o Fernando. Quando se juntavam os três, a merendar na cozinha o mesmo pão ou chouriço que a Cidinha ia buscar à mercearia, existia neles uma contradição que lhes saía dos olhares e das vozes. Existia o Augusto retirando a importância a todas as coisas, observando na mais pequena a maior beleza, e o Fernando dando-lhes sempre um sentido maior. Tinha chegado o meu António da fábrica, eu do posto médico, e era vê-los e ouvi-los justificar a vida ou a sua falta de sentido, a liberdade ou a sua ausência. O Fernando, comendo o pão, comendo o chouriço e explicando das implicações de tudo em tudo; o Augusto comendo com ele e dizendo de como tudo deve ser visto com menos seriedade, mais optimismo. E ouvindo, a certa altura,

— Isso é literatura, Augusto.

como um insulto. Como uma heresia, mesmo que não acreditasse em nada, como não acreditava esse meu filho.

O meu António calado a um canto, sem poder decidir qual dos dois filhos era a razão, pensava que a acabavam tendo os dois. E o Augusto, já esquecido da conversa, acabava deixando o irmão entregue ao olhar do pai quando caminhava para a varanda. O meu António encolhia os ombros, deixava-se em silêncio. Eram ambos filhos do mesmo sangue, um mais competente nas coisas reais mas outro na fantasia que essas coisas podem ter. Os ombros do meu António, encolhidos.

Hoje há mais liberdade porque já não há necessidade de escolha alguma. O Fernando pode dizer das competências que sempre foram as suas, o meu António anui, diz muito que sim, acena com a cabeça. Os ombros encolhidos foram deixados para a ausência do Augusto. Só de vez em quando, quando dele se lembram os dois mais um pouco, o meu António acaba dizendo o sim e o não com os ombros. Porque quando nos falam de quem tanto nos falta só um olhar cabisbaixo para os ombros encolhidos nos pode salvar da vergonha de ser velho e chorar.

E há o Fernando feliz quando chega a nossa casa para levar o menino. E eu, sentindo-me feliz que o Augusto tenha morrido um dia para deixar o irmão mais contente. Digome estas palavras em silêncio, penso nelas, noto-lhes o pecado. Vou à missa e peço o perdão a Deus por não conseguir deixar de ficar feliz pela felicidade de um filho, mesmo que sobre a morte de outro. Entro na igreja, repito muitas vezes

— Por minha culpa, minha tão grande culpa.

e ouço o António no silêncio da casa, deixado sozinho pelo filho, sentir que já só lhe resta acenar com a cabeça.

Ambos na cozinha esperando a memória, assim os noto como dois velhos. O meu filho tem a idade que a velhice obriga, é certo, mas o José Fernando podia ser mais novo, brincar com o filho como se fosse um seu igual, diminuir a distância que o separa da infantilidade da criança em vez daquela que o separa do pai. Mas não. São dois velhos, um mais novo e outro acabado. E falam em silêncio no silêncio desta tarde de trovoada.

Faz aqui muita falta o Manuel Augusto. O menino crescido que me interrompia as preocupações da casa com graças e felicidade. Chegava à minha beira,

— Bózinha!

desapertava-me o nó do avental nas costas e eu

— Vou-te tufar!

como em criança, menino, lhe dizia entre sorrisos.

Chegava do quarto inundando de alegria e de sol estas paredes, sentava-se na varanda vendo o campo em frente à casa, lá em baixo a vila, as ramadas amadurecendo as vinhas.

Via-o pensando histórias que escrevia à noite entre as teclas da escuridão. O pai quase a chegar da Reguladora, a mãe do posto médico, o irmão do seu trabalho e a nora com ele visitando os sogros ao fim da tarde. A Manuela vinha visitar o meu filho e a Justina todos os dias por essa altura. E trazia no olhar a distância, isso lhe via eu pela sapiência da idade. Tanta separação que, como num círculo, existia razão maior para a desgraça, tal o contacto entre as pontas.

A Manuela interrompeu a paz com o seu cabelo longo, entre visitas aos sogros e cumprimentos castos aos olhares do Manuel Augusto. Sei-o pela luz que irradiava o meu neto, ainda maior do que aquela que costumava ter. Não só a literatura era responsável, não só o seu perene optimismo e bem-estar. Sei-o.

Na memória a tristeza atirada de vez para o campo em frente, presa às vinhas para todo o sempre. E o meu neto, faltoso nesta tarde de silêncios, todos os dias chegando à minha beira, ouvindo do meu sorriso, depois de desapertar mais uma vez o nó do avental,

— Vou-te tufar.

A casa que é a dos pais e já foi a tua inunda-me de passado. Eu tento, todos os dias, libertar-me dele, entrar fresco pela porta do meu prédio, beijar a minha mulher e viver o futuro no presente que vai acontecendo. Porque na casa que é a dos pais e foi a tua, Augusto, existem demasiadas histórias para contar, reviver, lembrar e esquecer.

Existe o meu barraco, os cães que foram tendo nele o seu tecto. O Tucho, que já existia ainda antes de nascermos. E agora essa cadela que trouxe para acompanhar os pais na sua velhice, que com as suas brincadeiras acaba oferecendo à mãe alguma alegria. Existe o barraco aonde subia para ver mais longe, aonde subo ainda. Existem as escadas por onde todos os dias desço para o carro, o miúdo descendo comigo degrau a degrau. Existem memórias nelas, uma em especial. Lembro-me dela porque ma recordaram, nessa altura eu era ainda um Fernando a ser, vivia seguro no ventre da mãe, só tu, Augusto, já respiravas. Descíamos então ambos as escadas, tu pela mão da mãe, eu no seu corpo. E era Inverno, disseram-me. Chovia uma chuva negra, plúmbea, o céu devia estar zangado com alguém. A luz era pouca e as escadas escorregavam muito. Como um acidente à espera de acontecer, tu seguias pela mão da mãe. Porque quando lhe puxaste com mais força pelo braço ela escorregou e caiu. Amparada em coisa nenhuma, a mãe caiu. Contaram-me que se protegeu da queda com as mãos, que te largou, que te deixou cair também para proteger a barriga que me levava. Que as escadas eram muitas e que só se sentiu parar junto ao portão. Que o pai viu, e a avó também. Que todos gritaram

— Ai, meu Deus, o bebé.

gritaram por mim ainda eu não tinha nascido. Que tu, Augusto, também caíste mas não te magoaste. Que a mãe ficou ali, deitada no chão molhado e negro pela chuva, junto ao portão, e que todos acudiram depressa, gritando muito

— Ai meu Deus, o bebé.

eu, eu que ainda não era nada. E que tu te levantaste. E que fizeste um carinho lento e sereno na fronte da mãe, retirando-lhe o cabelo molhado da frente dos olhos e beijando-a calmamente, em paz. E que disseste

— Já passou, mamã.

e que a mãe sorriu e disse

— Obrigada, filho.

a ti, já eu não interessava.

A mãe caiu e quis proteger-me da queda. Mas foste tu, Augusto, quem foi para sempre lembrado quando se lembravam de contar esta memória, de ma fazer viver uma vez mais. Porque foste tu quem deu o beijo lento na fronte da mãe, já eu não interessava. O pai sorria. A avó sorria. A mãe sorria. Como sorriram nesse dia pelo teu gesto e como sorriam na sala sempre que a chuva caía negra e as recordações imperavam nas conversas.

É por isso que a casa dos pais é grande de mais para todas as recordações. Tem nela demasiada história e raras vezes tenho eu nela um papel principal. És sempre tu, Augusto, tu e a memória que deste às pessoas, fosse na vida que é mais real, fosse na que foste inventando com o que escrevias.

Saio de casa em direcção à igreja.

Passo a capela sem notar a capela, passo o cruzeiro sem olhar para o cruzeiro, o cemitério sem ver o cemitério. Apenas paro o meu corpo na igreja, de onde retiro ânimo para os dias que virão.

Lá me casei. Eu, o António e o Augusto. O Augusto connosco, não fosse ele já parte de mim nessa altura. Quando o António disse

— Sim.

o Augusto ouviu. Quando eu repeti, depois do António,

— Sim.

foi o Augusto quem o disse por mim. Ele selando a união dos pais, os sorrisos envergonhados dos pais, sorrisos de culpa e expectativa, um misto de ansiedade e sofrimento.

E baptizei os filhos: o Fernando, chorão e rezingão, arredio como o pai das coisas da igreja quando as não sabia, parecido agora comigo quando, ao domingo, o vejo passar com o menino e a mulher em frente da casa, fazendo o caminho até à missa. O Augusto, com a água e a sua bênção. Numa curiosidade que, sentia eu, o poderia vir a fazer um dia num homem de Deus. Não foi. Ainda agora, morto, não sei se o é. Sei apenas que é filho do pai que teve, que o

— Sim.

que me fez dizer quando entrou comigo pela primeira vez naquela igreja foi um sim ao pai, não a Deus.

E lá o velei. Foi na igreja que esteve deitado uma última vez, sentindo eu o ar que ainda lhe acariciava o corpo. Frio, sem mim a protegê-lo. Rodeado por mim, muitos anos antes, rodeado por Deus, o mesmo Deus em que não acreditou nunca, com o caixão aberto ao altar e ninguém. Porque quem o velou não o sentiu. O corpo era frio, a pele muito branca. Velámos um corpo, ele já tinha morrido, já era o altar em que não acreditava.

Mas entro. Entro, todos os dias, por esta porta alta e solene da igreja. Deixo o cemitério lá fora, a capela onde velei a Cidinha lá fora, o cruzeiro lá fora. Deixo-os lá fora para poder estar só com Deus. A morte atrapalha-me o querer, e eu quero muito Deus em mim.

Esta casa. Este apartamento. Este prédio sem quintal a envolvê-lo, é certo, mas com todo o ar de que três pessoas precisam. Estas pessoas — eu, a Manuela, o miúdo. Nós a construirmos recordações numa casa nova, isenta dos perigos que o passado carrega.

Chego, rodo a chave com o miúdo pela mão. Guardei o carro na garagem e senti-lhe o mesmo sorriso com que me inundou de manhã. Rodo a chave e ouço a Manuela perguntando

— Quem vem lá?

e o miúdo, entrando a correr para a cozinha

— Susto, mamã!

o beijo, o abraço, o dia que cai sobre eles como um reencontro, um raio de luz, ao fim da tarde, quente, entrando pela marquise. E eu, que chego também, que também a ela lhe dou o meu beijo, que todos os dias ouço entre sorrisos

— Ai, que eu não sabia quem era.

quando deixa a mão deslizar pelo meu pescoço, abraçando-me os olhos aos seus e continuando depois a fazer o jantar. O nosso jantar.

Eu poiso a pasta, deixo o miúdo na primeira brincadeira que encontra, sejam os carrinhos no tapete da sala ou os bonecos da televisão, e volto à cozinha para existir numa família que escolhi com a Manuela. Falamos. Deixamos que os nossos dias tão diferentes apareçam em nós e que assim existamos muito mais um para o outro. Falamos do meu trabalho, das minhas responsabilidades. E dos seus alunos, sempre tão traquinas, das peripécias que um dia na escola lhe traz, dos vizinhos, da família, da minha e da dela, de ti. Falamos de ti às vezes, mas pouco. Já basta sentir a tua presença todos os dias da minha vida na visita que faço aos pais, na vida que tive lá antes de construir uma mais minha. E é pouco, então. Pouco porque logo levanto o olhar da copa dos ciprestes que vejo ao longe no cemitério e digo

— E a escola, muito trabalho?

como se ela não entendesse a mentira e não respondesse, como responde todos os dias

— Já tinhas perguntado isso, Fernando.

dizendo outra vez dos alunos e de como se portaram mal, sabendo da falta que a vida de outros que não tu, Augusto, me faz.

Esqueço-te por instantes nesta casa. Corto com a imaginação a copa dos ciprestes que daqui se vêem ainda um pouco. Silencio o seu canto ao som do vento. E entro finalmente em casa quando a Manuela me fala mais uma vez das suas crianças e eu vejo, sentado no tapete com os seus carrinhos, o miúdo criando-me as recordações que um dia serão só minhas.

Chego da missa, entro pelo portão que o Fernando deixa sempre bem trancado. O António está na sala, eu vou uma última vez até ao quintal.

Gosto que anoiteça aqui, digo. O dia tem as horas contadas e a escuridão que a noite traz chega aos poucos, vem deixar-se afagar de cabeça baixa, lambendo-me a mão. Como a cadela. Olha-me pedindo todos os dias o adiamento da sua clausura. Eu sinto-lhe no olhar o pedido mas todos os dias sou mais forte para ela do que para mim. Digo-lhe

— Nem penses, Pequena, que a noite vem aí e o teu lugar na noite é o barraco.

e franzo o sobrolho, afasto-lhe os carinhos, empurro-a para o seu sono. E, se lhe quero dizer da casa e de como um dia poderá entrar e encolher-se aos pés da minha cama, em verdade logo depois me esqueço desse querer. Porque as cadelas são pedaços da natureza e esta Pequena, mesmo que lhe dêmos um barraco para sossegar o frio da noite, ou um cobertor velho para aconchegar o pêlo à solidão, deve ter na natureza o seu recolhimento. Cá fora, onde alguns grilos cantam, onde os pintos se escondem com as galinhas na capoeira, os coelhos, o nosso amor neles e com eles disperso no vento que a noite traz. E a cadela. A Pequena e eu a sossegar-lhe mais uma vez o olhar, empurrando-a para a noite quando a noite me empurra para fora do quintal.

Dantes, o António tinha mais confiança nas coisas e por isso menos medo do escuro e do que ele pode fazer às gentes. Perdeu-a com o medo que ganhou e agora ouço-o

— Mulher! Vem para dentro, que se faz noite.

se calhar porque pensa que a morte vem como nos contaram em crianças, com a foice em riste e o capuz negro, imersa na escuridão. Dantes, a sua confiança existia e eu ficava-me por vezes ao início da noite neste quintal. O dia era gasto nas coisas a que o posto médico obrigava e só no início da noite, mesmo com a visão tolhida pela falta de luz, era possível tocar o cão ou a cadela, o Tucho ou a Pequena, cheirar as ervas, ouvir piar os pintos. Eu ficava-me pelo quintal até que a voz do António, do Fernando ou do Augusto, até a voz da Cidinha, vinda lá de baixo num assomo, me fazia ouvir

— Mulher!

ouvir

— Mãe!

ouvir

— Justina! Vem para dentro, que se fez já noite.

e eu a não querer ouvir. Fui para dentro, sim. Como não, se me chamavam os filhos, a mãe ou quase, o homem com quem partilhava a vida? Fui para dentro mas deixei-me cá fora um bocadinho mais.

Mas isso era dantes. Agora, o António não deixa que a escuridão se chegue a mim e a sua voz chamando

— Mulher!

é bem mais forte. Eu acedo à sua vontade com um sorriso condescendente. Porque sei que o engano, com a menor falta que a cadela e os pintos me fazem, acabaram sendo meus antes que a escuridão chegasse com as suas cores negras e o dia terminasse as suas horas contadas.

Mesmo com menos gente a chamar por mim, gente para sempre ausente, para sempre calada, eu gosto que anoiteça aqui porque é este o quintal que me permite todo o esquecimento e toda a memória.

JANTAR

O dia cai na noite, a Justina chega da missa, apressa-se até ao quintal para o saber no sítio, penso eu. Até que a chamo, e ela, sentindo a obrigação de ser mulher de um homem, lá desce.

O dia cai na noite, a Justina chega à cozinha e aquece o jantar, jantamos e olhamos o silêncio no meio de nós. Não existem palavras que digam o que é necessário dizer, como se se pedissem novas sílabas para quebrarem este silêncio fundo. Um jantar ressequido pela velhice, dois velhos sentados lado a lado, com tantos anos vividos como um só que não existe nada a dizer que o outro já não saiba. Como se um olhar, um gesto, um aceno bastassem para dizer tudo o que é preciso dizer. Como se o olhar, o gesto ou o aceno fossem todas as palavras que não existem para serem ditas, sem voz, sem sílabas, mas com todo o peso da velhice.

O dia cai na noite como caíam outros dias. Como caía quando havia mais gente nesta mesa, onde cair. Como caía quando o Fernando não a tinha só para ele, com um filho e uma mulher; quando a mãe a tinha perto, onde colocava um jantar quente e novo; quando o Augusto nos ajudava na felicidade por nos acompanhar a todos numa refeição. Caía em cinco pessoas, onde o silêncio não era possível. Uma noite com muito mais do que o som dos grilos na bouça, dos carros a passarem na rua, da cadela latindo no interior do barraco. Caía como um estrondo sempre que se ouvia

— Passa-me o azeite.

sempre que se ouvia

— A dona Maria José Miranda da Rua da Liberdade está pior.

e se não notava nestas frases diferença alguma, porque o azeite era mais presente do que qualquer doença.

Até mesmo quando o jantar era feito de questões muito bruscas e duras eu me sentia mais feliz do que agora. Melhor um gesto impensado ou uma voz irada para com um filho do que este silêncio pontuado pelo canto dos grilos. O Augusto tinha deixado a faculdade, sentia-me incapaz de lhe perdoar a desilusão. O Fernando começava só então a ver nas raparigas algum interesse, eu não sabia se o seu futuro me iria também desiludir. Com um filho como uma promessa tão incerta e outro uma desilusão tão grande, eu era muito a ira e a brusquidão ao jantar.

O Augusto chegou a trabalhar nessa altura, impus-lhe eu que desse que fazer ao corpo, mesmo quando me repetiu, vezes sem conta,

— Eu quero escrever.

vezes sem conta, como se escrever fosse trabalho para alguém, repetia

— Eu quero escrever.

e eu a mandá-lo gastar o corpo com trabalho de gente. Foi. Trabalhou, serviu num café, contou carros junto à passagem da linha de caminho-de-ferro para as estatísticas que outros precisavam, fez tudo aquilo a que o obriguei para que pudéssemos todos ser felizes. Por isso maior a ira e a desilusão quando chegava para jantar e só vinham desânimo e tristeza com ele. Maior a revolta por me fazer feliz apenas com a sua tristeza. Discutíamos. Dizia-lhe do valor do trabalho, da obrigação de ter um emprego, não o

— Eu quero escrever.

como um capricho. Discutíamos muito nesses jantares acalorados, o silêncio ausente pelos gritos bruscos das nossas palavras.

As palavras. Não se pode dizer que não tenha tentado. Mas ele estava destinado a elas, que podia eu fazer? Foi tomado por elas quando no fim de um jantar o chamei à sala, disse

— Vai então escrever, se é isso que queres.

dizendo o mesmo para mim, repetindo-o muitas vezes em mim para lhe sentir o hábito num filho sem a honradez do trabalho. E ele foi. Foi tanto que passou o jantar um ano sem ele, só com o Fernando e as raparigas que lhe começavam a tomar o pensamento, a minha mãe e a Justina.

O dia cai na noite. O Augusto, lembro-me, escreveu e fez da escrita um trabalho. O jantar ganhou luz com a sua felicidade. O jantar é escuro no silêncio desta cozinha.

Batem as horas no relógio grande da sala. O pêndulo continua, incessante, o seu baloiço e eu ouço o princípio da noite a bater nas horas do relógio. São as horas do jantar a dois, nesta cozinha quente pelo calor que lhe entrou durante o dia. Somos os dois, eu e o António, sentados à mesa e aguardando que as horas continuem o seu bater.

As diferenças são as que a vida faz. A vida estabelece um rumo, um percurso que nos leva, nos traz, nos obriga. Andamos como o mar ao sabor das marés, este jantar a dois que já tanta mais gente teve. Sem revolta, só memória. Só a memória e a saudade dessa mais gente, aguardando que a vida permita que um dia exista outra vez, as ondas com as suas cristas de espuma.

Somos dois ao jantar. Mas todos os dias vem e aparece na nossa vida o Janela, que, se não come connosco, aparece a bater à porta em voz alta

— Ó da casa!

repete todos os dias

— Posso levar o jornal?

e faz do jantar um bocadinho mais de gente.

O Janela visita-nos ao jantar para levar com ele o jornal que o meu António já leu. Visitava-nos quando estava mais gente, a sua presença então menos notada. Agora que o Fernando tem a casa dele, que há-de ter a seu tempo um vizinho que o visite, que o Augusto e a Cidinha já só são visitados por nós fora desta casa, agora a presença do Janela ao jantar é mais notada. Acabo por esperá-lo como ao almoço esperei a serena paz do silêncio. Eu preciso da paz no fim do almoço como preciso da voz alta do Janela

— Ó da casa!

a repetir o sol no princípio da noite. Porque somos só dois, sentados, a falarmos em silêncio tudo o que já dissemos a vida inteira.

A memória do bater das horas a ouvirem-se menos no relógio grande da sala por causa do rebuliço de outros jantares e a visita do Janela para vir buscar o jornal fazem-me sorrir um pouco, entender que a vida nos leva na crista das ondas e que, se agora descemos do seu cimo pela morte da Cidinha e do Augusto, pela saída do Fernando para outros mares, outros dias virão em que estaremos mais nesta cozinha, sentindo as ondas até se fazerem outras memórias. Como o pêndulo no relógio grande da sala a orientar o bater das horas, somos nós feitos do mesmo baloiço.

Jantamos os três numa família só. Eu, a Manuela, o miúdo. Jantamos e esquecemos, quero eu esquecer, a outra família que vou tendo noutra casa. Aquela que janta agora sem mim, dois corpos sentados a uma mesa à espera de que a velhice passe. Eu vou construir a minha velhice na vida deste miúdo, de outro ou outros a virem um dia. E no esquecimento da memória, quero eu.

Mas tu voltas sempre, Augusto. Eu penso, absorto na refeição que quero nossa, nos dias em que deixei a vila e desci à cidade. À mesma cidade que podia ter sido tua e que não quiseste, entregando-ma para que nela aprendesse a diferença entre a juventude e a maioridade.

Só lá estiveste um ano, é certo. E só com a luz como companheira: era ver-te, contaram-me depois amigos teus que acabaram também meus, fugir para o comboio mal o sol começava a desaparecer de encontro ao mar. Estiveste o tempo que a tua paciência te deixou estar. Andando pelas ruas que foste fazendo tuas, nesse pouco tempo que tiveram elas para se entregarem a ti. Quando lá cheguei, anos depois, a cidade ainda era tua.

E eu percebi a noite como um espaço que podia ser meu. Como se a cidade tivesse dois dias, um que era teu e tinha o sol e o mar e as encostas e as casas e o rio e as pedras e as árvores, e outro que eu queria meu, com a noite, o frio e o nevoeiro para ter algo que me pertencesse por direito, e não por ausência, que era apenas negrume.

Vivi lá cinco anos. Primeiro com a noite sendo o dia: os restos, Augusto, os restos. Depois com o dia sendo o dia, aceitando mais uma vez que as árvores maiores fazem sombra e que os pequenos arbustos, sob as suas copas, nunca verão em pleno a luz do sol.

Vivi na cidade explicando-lhe o porquê da tua ausência nela, como hoje tento explicar o porquê da tua ausência em mim, tão presente. É uma ausência física, que me dói. E eu, Augusto, sinto muito o meu pecado da tua morte.

Desci à cidade, à mesma cidade que não quiseste e que eu queria e que ainda hoje não tenho. Sentei-me na foz refugiando-me no silêncio, tinhas morrido havia pouco. E disse-me que não havia como — a morte é um silêncio cá dentro, as cidades antigas paradas na nossa memória.

Eu quero jantar nesta família. Quero construir com ela a minha velhice. No esquecimento, construindo novas memórias. Mas tu não deixas.

Existe pouco mais do que o silêncio. A cozinha está encerrada a qualquer movimento mais brusco, ao barulho das crianças, à felicidade da juventude. Só existe o vagar lento das rugas, as mãos tilintando os talheres nos pratos, a Justina e o António sentados à mesa e ninguém.

Às vezes o silêncio é quebrado por uma vontade. Ao fim da tarde, o António como que em desespero

— Está decidido, hoje jantais cá.

para que se vejam mais mãos a falarem ao jantar. A mulher do José Fernando chega, sentam a criança, comem então com muito mais vontade o meu filho e a Justina.

Quando o Augusto era vivo era ele quem decidia

— Está decidido, hoje jantais cá.

porque não existia motivo algum para desesperos por parte do meu filho. O Augusto sempre teve presença suficiente para fazer do jantar da família um rebuliço de palavras e de gestos.

Chegava a mulher do Fernando, a criança ainda não passava de futuro e eu notava-lhes a cumplicidade. O meu outro neto a tentar fazer-se notar ao pai, gritando

— Estou aqui!

com os seus gestos muito largos e os olhares cúmplices da mulher e do Augusto. Como se houvesse um incómodo latente naquela refeição, um arrependimento pela decisão do convite, ao mesmo tempo uma ânsia por se sentirem perto. Mal resolvidas, as situações. Assim persistem e obrigam à vergonha. Sabia-o porque a sapiência vem com a velhice, não existia forma de me enganarem.

Levantava-me rapidamente, dizia

— E então, alguém quer fruta?

para que o desconforto do Augusto e da mulher do Fernando se acabasse dissipando. Como o queria fazer agora, para que este silêncio lento das rugas da Justina e do António se dissipasse também.

Todas as noites chegam à cozinha as luzes do cemitério. São as velas que as viúvas acendem para iluminarem os mortos, os lampiões lutando contra o vento que a noite traz.

O jantar termina como começou, quase como se não tivesse acontecido. A Justina está sentada à minha frente e a luz vinda do cemitério parece tocar-lhe o corpo. Eu olho-a. Vejo-lhe as rugas onde a pele já foi lisa, os olhos encovados ainda muito azuis onde antes eram só muito azuis. Vejo-lhe o nosso passado, pergunto-me onde está o meu amor por esta mulher. O tempo acaba sempre por rasurar o que sentimos, por inundar de horas, de demasiadas horas, o amor que temos pelo outro. O amor já não existe porque já não existe necessidade dele, agora só existe respeito e velhice, memória e saudade.

A luz das velas toca-lhe o cabelo. É a luz que, segundo ela, vem de Deus, que ela tanto quis dar aos dois filhos, oferecer como uma mãe oferece aquilo em que acredita. E eles pareceram ir tomando em si essa oferta, primeiro o Augusto, depois o Fernando. O Augusto que, pequeno, ia ajudar o padre Horácio na missa de domingo, vestindo um hábito branco e imaculado, com a corda que o prendia a Deus atando-lhe a cintura. Vi-lhe uma única vez a veste, das poucas vezes em que fui à missa, pediu-me a Justina

— Anda, que ele hoje vai ajudar à missa pela primeira vez.

e parecia um anjo. Vestido de branco, segurava a salva, apanhando da hóstia os restos do corpo de Cristo que acabavam sempre caindo. Os seus caracóis, o seu cabelo loiro, o seu sorriso endiabrado no altar, olhando-me, a mim que nem no altar acreditava, olhando-me quiçá com os olhos da felicidade de ter Deus tão perto. Onde? Não sei. Sei apenas que trocávamos sorrisos de cumplicidade como se ambos soubéssemos o engano que aquilo significava.

Mas lá esteve até à adolescência, o Augusto, adorando a Deus até que se viu crescido e resolveu adorar-se a si mesmo, como qualquer criança a ser adulta aos poucos. Iniciou o irmão no contacto com a igreja, ensinou-o, ofereceu-lhe Deus como a minha Justina lhe oferecera. Na primeira comunhão do Fernando já o Augusto não apanhou o resto do corpo. Tomou-o o Fernando como se o tirasse ao Augusto, sim, tirou-lho, porque, a partir daí, deixou o meu filho mais velho de ir à igreja e foi o mais novo quem iniciou um percurso tão mais forte que nem a adolescência o fez vacilar na fé.

É noite, já. Vejo a minha Justina sentada, o Augusto morto, com ou sem Deus, certamente será o céu aquilo que acreditámos em terra. E o Fernando como se fosse a luz no ombro da Justina quando penso nele, tão perto de Deus que às vezes parece impossível sentir-lhe a carne.

É quando o meu António vai para a sala que me levanto da mesa. Levanto-me, vejo a minha cozinha, deixada em herança no meu colo como um bebé entregue pelo olhar de uma mãe. A Cidinha entregou-me os despojos que todos lá deixaram, disse

— A cozinha é tua, Justina.

com os olhos da mãe que a sentia ser.

Levanto-me, ponho o avental e preparo-me para arrumar o pouco que eu e o meu António sujámos. Lavo a loiça, passo o pano na banca, limpo o fogão uma, duas, três vezes, mesmo que não precise. Mergulho as mãos na água e canto. Canto baixinho para o António não me ouvir

Samaritana, plebeia de Sicar,
Alguém espreitando te viu Jesus beijar

baixinho, baixinho, como se só a Cidinha, junto a mim e aos tachos e ao fogão que limpo tantas vezes, me ouvisse. E sei que ouve. Ouve ela e ouvem todos os que por mim passaram como filhos. Ouve o menino no colo do seu pai. Ouve o Fernando na sua casa com o menino a inundar-lhe o tempo de felicidade. Ouve o Augusto quando, ainda hoje, vai levar o lixo, quando o chamo

— Augusto, o lixo!

e ele vem, do quarto onde se começava a entregar às palavras, repetindo todos os dias

— Sempre quando estou quase a começar um texto.

com o sorriso alegre, brincando. Era o lixo quem lhe dizia do começo das palavras na página em branco. Como se o lixo fosse a inspiração, como se fosse eu e o

— Augusto, o lixo!

que lhe permitíssemos o início. Sou eu, cantando, todos os dias. Hoje, ontem, antes. E o António na sala, se à escuta nada ouvindo. E a Cidinha delegando-me a cozinha. E o Augusto e o lixo que leva à rua como um hábito na sua literatura. Eu e as suas palavras escritas, agora como ontem e sempre. Eu cantando

Samaritana, plebeia de Sicar,
Alguém espreitando te viu Jesus beijar
De tarde, quando foste encontrá-lo só,
Morto de sede, junto à fonte de Jacob.

repetindo muito os versos, a música neles. Canto a cozinha nesta herança feliz que a vida me deu. Limpo o fogão uma, duas, três vezes, para que a música não acabe. E na música vejo o Augusto a passar outra vez por mim, a repetir

— Sempre quando estou quase a começar um texto.

a sorrir, a brincar. E depois ir ser letras na página branca, deixar-me na cozinha a ser canção.

Ser família e ter o miúdo, terminar o jantar. Brincar, levantar-se, correr pela casa em segredo, como se os pais o não pudessem sentir em cada passo que dá.

O miúdo acaba sentado na sala, brinca com os carrinhos pelo tapete, este mesmo tapete trazido de casa da mãe onde eu e o Augusto brincávamos em crianças.

O miúdo está sentado e eu vejo, sobre alguns livros — teus, Augusto, como não? — o envelope. Aberto por estas mãos que envelhecerão sem as tuas, pelas tuas entregue.

Deste-me o envelope já a doença te tinha inundado todo o corpo. Disseste

— Escrevi isto para ti, o bebé vai nascer um dia destes.

e eu senti-te a dificuldade nestas poucas palavras. A doença era muita, eu tremia por te ter tão perto.

Não falámos muito, morreste passados dias. Eu ia a descer as escadas, rumo à casa que quero agora chamar minha, abri o envelope, li

Poema ao Filho

Cresceste tanto que deixaste os meus braços para trás.
Dantes, chamavas e eu ia levantar-te do berço, preocupado
com o teu choro. Deixava-a a dormir e dava-me todo a ti.
Tu, nos meus braços, deitado e tão pequeno, abraçavas-te
muito à minha preocupação. Dizias baixinho: vamos ouvir
música, quero dançar contigo até que os demónios da noite
sejam longe. E eu ia. Ia tanto como nunca, eu que nunca
dancei para ninguém. Ligava a música, punha-a baixinho,
tão baixinho que só nós sentíamos o seu som: A rare and
blistering sun shines down on Grace Cathedral Park, e
dançávamos. Ao som da música eu era o Pai, ao som da
música tu eras o Filho. Dançávamos como dois anjos, sabes?
mas isso não te digo porque é muito expressivo e fica mal
no Poema. Dançávamos heróis, é mais bonito. Eu era o teu
herói, aquele que te abraçava o corpo pequeno, muito nu e
encostado a mim. Tu eras o meu herói, as mãos jovens ainda
te seguravam com a força toda do mundo. Podem dizer que
dançarias com qualquer um que te levantasse do berço e te
sossegasse o sono. Mas não. Quem diz isso nunca foi teu pai
e nunca te sentiu filho. Nós éramos um só, um lugar-comum,
eu sei, mas éramos. Eu apenas contigo nos braços, minha
única roupa, meu único conforto, minha única protecção.
Tu embrulhado em mim pela tua pequena pele, inseguro
e tímido. E a noite, a longuíssima noite, eterna noite que
eu desejava nunca terminada. O céu no seu lugar devido,
a terra no seu lugar devido e nós, nós os dois no lugar
que devemos para sempre um ao outro: um no outro,
um para o outro como duas peças de um jogo universal.

Agora, filho, agora cresceste e saíste dos meus braços. Terás um dia alguém que te embale o sono como eu embalei, mas nunca este amor que nasceu comigo e desabrochou contigo, nunca este amor que só eu, teu pai, posso oferecer ao longo
[da noite.

abri o envelope, li tantas vezes que termino agora a noite do miúdo dizendo estas palavras de cor, tu nas tuas palavras que me saem do coração.

NOITE

Ligo a televisão. Vejo as notícias para me sentir ligado ao mundo, temo perder este cordão umbilical como um feto teme perder-se do útero da mãe.

Há também o jornal que compro no Magote e que, todos os dias, termina a sua vida pousado algures em casa do Janela. Mas o jornal sempre existiu e eu nunca lhe vi grande sentido. Era com ele que sabia do mundo, mas o mundo existia enorme à minha volta, sempre que saía de casa para ir para o trabalho, pronto para ser visto, reconhecido. As pessoas eram sempre muitas em meu redor, conversando, trabalhando. Eu não precisava de saber mais do que me dizia o jornal.

Depois vim para casa, morri muito. Morri para os outros, que me deixaram de contar o que sabiam, mas morri sobretudo para mim. Não existiam as conversas que só sabemos existirem na sua falta. Não existiam diálogos sem significado que tanto significam quando os não temos. Não existia eu.

Deixei o trabalho na Reguladora, quiseram matar-me. Mas não tive outro remédio senão ficar vivo, mesmo sem querer. Porque acordar de manhã, respirar e deitar-me à noite eram o espelho de uma existência qualquer. Depois o moço deu-lhe algum sentido. A televisão, as notícias nela, alguma ajuda.

Sentado nesta cadeira, os cotovelos sobre a mesa, a toalha velha que a Justina colocava todos os dias sobre a outra, de croché branco, que a minha mãe demorou anos a fazer, puída um pouco, na sua voz

— Põe a toalha.

agora que já sou eu a colocá-la, que também a Justina me lembra do cansaço que não tenho, olho a televisão como uma dádiva. Ouço as notícias no silêncio que a noite traz e existo velho, levando o corpo até a um bater final do coração.

Já não há os filhos a correrem na sala. Já não existe o moço a fazer do dia um dia mais feliz. Apenas a televisão a inundar o silêncio e eu preso a ela como um feto, pedindo que me deixem pelo menos saber do mundo, já que me não é permitido, nunca mais, sair deste ventre, frio e só, a que tenho de chamar casa.

A cozinha já está arrumada dos restos de comida que deixo lá fora num balde para amanhã dar à cadela, dos pratos que serviram o jantar, do silêncio do António, da voz do Janela. Assomo à porta da sala, vejo o António dormir sobre a mesa, a cabeça sobre os braços. Pego no jornal da terra e leio as notícias que dele saem. A mesa está limpa de tudo e de todos, deixo-me em pé passando os olhos pelo jornal.

Leio a vida dos que me acompanham nesta vila, a morte dos que me surgem a querer viver neste jornal, de cara estampada nas páginas finais. O Augusto teve aqui o retrato um dia. Outras vezes tinha tido outros, onde o corpo era maior, retratos de corpo inteiro nas pouquíssimas palavras que deu a um qualquer jornalista sobre um novo livro. Ou retratos grandes onde a capa do livro, pintada com pinturas que ele mesmo escolhera, mostrava o seu rosto nas escolhas que fazia. Teve um dia uma fotografia onde só o rosto era imenso num destes quadrados, a mesma que acabou dando uma imagem à campa do cemitério.

Estou de pé, penso na morte de um filho, entristeço. Mas não deixo: a morte é inevitável, não vale tristezas nem perguntas. Não lhe dou o prazer de perguntar porquê. Aceito e lembro.

Toco a mesa onde está pousado este jornal, onde pouso a mão esquerda segurando o corpo, com a outra desfiando as páginas e a vida das gentes cá da terra. E vejo nela o Augusto.

O Augusto tinha coisas que eram só dele. Em pequeno, quando tínhamos às vezes visitas, quando a mesa parecia pequena para tantas conversas, amizade, partilha, o Augusto brincava pela casa toda com os filhos de quem nos visitava. Comandava as tropas, já dizia a Cidinha, sentada no seu sofá, sempre, deixando a mesa para as visitas, para mim, para o meu António. E era quando a noite ia entrando na sua profundidade escura, quando as horas caminhavam e o sono aparecia às crianças, quando o silêncio começava a imperar devido ao seu cansaço e se decidia terminar o serão, era então aí que alguém dizia

— O meu já está deitado no sofá.

dizia

— O meu adormeceu ao seu lado.

era aí que alguém perguntava

— Justina, onde pára o teu filho Augusto?

era aí que então eu sorria de sorriso largo. Como agora. Não respondia, apontava feliz para debaixo da mesa onde partilhávamos o serão e via, protegida, uma criança como um bebé, enrolado aos pés dos pais, o meu filho, dormindo.

Esta mesa dá-me a memória que outra, semelhante, guardou. Sorrio. A memória feliz do Augusto dormindo debaixo dela como fazia em qualquer uma a que os seus pais se sentassem. E transfere para o jornal da terra, onde outras faces se deixam morrer, a face do meu filho, a sua serenidade. A face do Augusto, resplandecendo de alegria e jovialidade, lembrando-me de como a morte não tem porquês, não vale tristezas nem perguntas, apenas a lembrança.

Existe o António adormecendo sobre os braços, pousados na mesa. Depois do jantar consumam a separação que a refeição já representa, vem o António para a sala, fica a Justina na cozinha. Por lá me deixo primeiro, arrumando-a numa canção que também já foi a minha. Eu a arrumar a cozinha com as mesmas mãos com que hoje a Justina o faz, o mesmo vagar, a mesma felicidade. Eu com a família que tive e perdi, com a outra que me voltaram a dar como uma segunda oportunidade. Eu e o António na sala, como agora mas tão diferente, a Justina entregue às coisas que eram as dela, o quintal que a chamava sempre, as roupas, o ponto que aquele botão precisava. A Justina preparando a roupa das crianças para a escola, dizendo do Manuel Augusto

— Que lhe vou pôr para vestir amanhã?

dizendo do José Fernando

— Que lhe vou pôr para vestir amanhã?

e eu a dizer das calças, das camisas, das camisolas, da vida de amanhã como se o amanhã fosse durar para sempre.

O António adormece com os braços pousados na mesa, a cabeça sobre eles. Chego-lhe no olhar da Justina, quando, entre o arrumo da cozinha e a leitura do jornal da terra, vem cá dentro e vê o homem que escolheu para si, o homem que a vida escolheu para ela. Todos os dias venho com a Justina à sala, atravesso no seu olhar a porta e vejo o meu filho a dormitar. E todos os dias me pergunto que virá ela fazer à sala. Sai da cozinha com uma pergunta, sinto-o. E, no entanto, só o silêncio acontece quando vê o corpo em repouso, nunca existe uma palavra que seja, um

— António!

que o acorde do sono leve, lhe permita uma última resposta. Antes a resignação de um corpo velho, olhando outro corpo velho, com um espírito ainda mais velho entre eles — o meu.

Porque também estou cansada dos olhares em que passo os dias. Não existe muito que se possa ver a partir dos outros quando tivemos no nosso tantas histórias. Tantas pessoas, prolongamentos de nós, que chegaram e foram e só deixaram rumores de terem existido. Tantas pessoas que chegaram e continuam e que não passarão de rumores para outros, como a criança que, ainda assim, me aviva a passagem do tempo. Resigno-me, no entanto, a este destino. Resignei-me aos outros que foram acontecendo à medida que foram acontecendo. Sou, na passagem das horas, no olhar de quem amo, todas as resignações, todos os dias que já fui.

Acordo já as notícias acabaram e só fica o silêncio. A casa é enorme na noite, tem todo o silêncio que o sono do mundo lhe dá. A Justina está sentada na cozinha, lê o jornal da terra, há-de dormitar em cima dele. E eu, depois de me sentir um bocadinho mais parte de tudo, vejo o silêncio inundar-me todos os dias a vida, a noite escura, a toalha puída, a memória.

Pego no jornal desportivo, que agora também compro para diminuir o tempo às manhãs, e dou-lhe outro sentido. Abro-o nas últimas páginas, faço as palavras cruzadas como um esquecimento. Quero esquecer-me do barulho das crianças a passearem na sala, da sua respiração enquanto dormiam que me fazia pai. Eu ouvia, lá dentro, o Augusto dormindo. Ouvia o Fernando, pequeno, dormindo também. As casas nunca são suficientemente grandes para que um pai não reconheça o som que inunda de vida os filhos, o som do ar sendo sangue e permitindo que cresçam, sejam grandes.

Anos a fio ouvi o Augusto escrevendo naquele quarto. Tinha o som das teclas na máquina de escrever sendo já parte dos poucos ruídos que fazem a noite. Escrevia, escrevia, escrevia. Dava-se às letras, saíam-lhe do corpo. Dormia um sono justo quando, de madrugada, parava as frases no último ponto final. Cansava-se com elas, todos lhe notávamos isso.

E eu também estou cansado, mas sem sono. O sono não é proporcional ao desejo que temos dele. Se o fosse, era dele que eram feitos os meus dias, pontuado apenas pelo moço, às vezes, pela garagem, pouco, talvez pelas notícias. Encurto o tempo quando pego no lápis e preencho os espaços vazios destas palavras cruzadas. Vou escrevendo uma letra, outra, penso no Augusto e nas letras, muitas mais letras, que escrevia no seu quarto. Construía frases, o meu filho. A mim resta-me preencher os espaços com as letras que neles se abrigam, já decididas por outros que não eu. Com as frases que construía, com todas as frases que fazia, o Augusto fazia vidas. Chamava-lhes nomes, dava-lhes filhos, netos, amores, desilusões. E dava-me o som das teclas na máquina de escrever, compondo a minha vida à luz dessa melodia.

Uma letra. Duas. Mais algumas e o tempo acaba, finalmente. Penso em como se esquece, quem construiu para mim esta grelha, de que a vida é feita dos dias todos, que maior seria o tempo apagado pelas palavras cruzadas se maior fosse a diversidade de significados. Todos os dias me pedem o nome do deus do sol e lhe chamo o mesmo. Não porque saiba quem é, mas porque só assim posso fazer deste serão mais uma batalha vencida, mais um pouco de sono conquistado.

Termino as palavras cruzadas. Ouço na memória o som do Augusto escrevendo no quarto, a música com ele. Quero ouvi-lo sempre. E pego numa borracha, todos os dias colocada junto do jornal, apago o que fiz. Recorto esta página e guardo-a num pequeno monte, naquela gaveta. E pego então desse mesmo monte nas palavras cruzadas de há dias, apagadas por esta mesma borracha, recortadas pela mesma mão, colocadas no mesmo sítio, e recomeço a batalha, pedindo ao sono que chegue e me permita, em sonhos, ouvir para sempre os gestos do meu filho Augusto a escrever a minha vida no seu quarto.

Fecho o jornal da terra. Sentada à mesa da cozinha, seguro a cabeça nas mãos, fecho os olhos.

Lembro-me do Augusto, que me chamava todas as noites com o olhar para que lhe vigiasse o sono. Antes da doença lhe chegar ao corpo e dele só sair quando entrou a morte, o Augusto nunca tinha pedido um aconchego, um carinho antes de se deitar, uma história. Quando nos disse nesta mesma cozinha, num jantar perturbador que não quero lembrar, que a sua falta de apetite tinha razões fundas de existir, quando poucas semanas depois já lhe não era sequer possível vir à cozinha, o Augusto dizia-me em silêncio que lhe vigiasse o sono. Pensa sempre um filho que uma mãe de tudo protege, que a morte não vem quando a mãe está com ele. Engana-se. A morte veio e terminou-lhe a doença, estava eu ao seu lado, tentando ser mais do que o que alguma vez seria possível.

Vigiei-lhe a vida, naquelas semanas finais, da forma que pude e fui capaz. Até ao fim lhe fiz festas no cabelo lembrando a sua fronte lisa de criança onde afagava a minha maternidade, meu primeiro filho, minha única e definitiva morte.

Os olhos estão fechados ainda. Lembro-me do Augusto, quero recordar a tristeza dos seus últimos dias acrescentando a felicidade que só a memória, nesta cozinha com a cabeça segura pelas mãos, me pode oferecer.

Como ser uma família e ter-te como um estorvo? Como uma imposição, uma persiana que range ao fechar-se.

Todos os dias acordo de noite, me levanto no breu. E todos os dias me deito já o escuro não é só lá fora, também o é cá dentro. Tu, Augusto, tu nas mãos da minha mulher descendo a persiana e obrigando-me à noite.

Ouço as persianas descerem como se descesse em mim a solidão. Como se, mais uma vez, a tua vida caísse sobre a minha naquele estrondo. Uma vida tão forte como negra, enegrecendo os meus olhos, este fim de dia. Segue para o nosso, onde afasta o nascer do sol da minha vida. E vai depois à sala, ouço-a

— Menino, cama.

chamando pelo miúdo, ouvindo-o eu como uma imposição. És tu, Augusto, mais uma vez entrando em mim como uma obrigação, dizendo da minha vida e do que deve ser.

Ajudo-a a deitar o Rafael. Olho a casa já escura pela escuridão que a encerra, fazem-me falta as luzes da cidade.

Dou-lhe o beijo de boas-noites, quero pensar no poema, na tua voz já tolhida pela doença

— Escrevi isto para ti.

deixando-me o envelope nas mãos como quem entrega a própria vida. Abri o envelope quando descia as escadas, chorando pelas tuas palavras, não sabendo o que fazer com a vida que me davas. Queria-a minha, sempre o soubeste. E quando finalmente ma deste não soube o que fazer dela.

E ainda hoje não sei. Sei que a escuridão vem no som das persianas, rangendo, que a minha mulher a traz nas suas mãos. E que eu serei amanhã outra vez um irmão mais novo, mesmo que o mais velho já tenha morrido.

Deito-me e espero que amanheça. Sonho todas as noites com o dia seguinte, esperando que o dia seguinte tenha sol. Sonho com o dia em que possa acordar com a claridade a oferecer-se à minha face, sem a escuridão a rodear-me o corpo. Sem ti, Augusto, a impedires a luz de entrar na minha vida.

Foi um presente cheio de veneno, o teu. A tua vida, deixada nas minhas mãos naquele envelope, deixada pela tua voz tolhida

— Escrevi isto para ti.

não passa de um estorvo que me não consegue deixar ser família.

Limpo os olhos do sono e chego à porta da cozinha onde vejo a Justina segurando o seu sono com as mãos, os olhos fechados, segura a cabeça com os cotovelos pousados na mesa.

Está velha, a minha Justina. Olho-a um pouco, escondido dela. E guardo-a em segredo para sempre, vendo-a mais nova e na mesma posição, quando os miúdos eram pequenos e ela vigiava, de olhos fechados pelo cansaço, o sono deles. Vejo-a, segredo-lhe o tempo, digo-lhe do inevitável

— Justina, estamos velhos.

baixinho, para que não ouça e possa continuar nova, bonita, sem rugas nesta memória junto à cama do Augusto e do Fernando.

Falo mais alto, então,

— Justina, são horas de ir para a cama.

e ela desperta, e eu desperto para as rugas e para a velhice. As lágrimas já estão limpas na cara. Mas correm lestas, mesmo que se não vejam.

Ela faz o mesmo: limpa também o seu passado, os sonhos que são sempre o que foi porque já não há nada a ser. Queixa-se das costas, levanta-se, diz-me

— Já vou.

todos os dias, como se viesse e isso pudesse ser acrescento à nossa vida. Virá para a cama e nada mais, já o corpo não permite e a vontade não deixa. Eu estou velho e ela sublinha-o, dizendo que vem para a cama, nada mais.

Deixo-a, sei que amanhã a verei outra vez mais nova, com isso fico um pouco mais feliz. Volto à sala, arrumo na gaveta por baixo da televisão a toalha puída com que protegi a outra, branca, de croché, da sujidade que lhe pudesse tocar. Desligo a televisão, vejo a luz à porta da sala, para lá me dirijo. E, quando estou prestes a sair, volto o corpo e olho na escuridão aquela sala vazia. É toda a casa naquela sala vazia. Apenas as paredes a segurarem os poucos quadros que temos, prendas dadas ao Augusto por quem lhe tinha respeito e amizade. Está vazia como a minha vida está vazia. Não tem nada, ninguém que lhe dê ânimo. Ampara os móveis, mortos como ela. E ampara-me a noite, todas as noites, percorrendo-me a tristeza que desce pelas paredes sem o barulho dos moços quando eram pequenos, sem as palavras da minha mãe, chamando a Justina

— Não os estrague com mimos.

sem o Augusto batendo as palavras com força na sua máquina de escrever, sem ninguém. A sala está vazia e eu vazio nela. Sou apenas um velho esperando que a morte chegue e possa encher um caixão, encher um cemitério da vida que levo comigo e deixar toda a sala, toda a casa, ainda mais vazia.

Existe o António que chama a Justina para o sono. A Justina que se deixa estar mais um pouco, que se levanta na cozinha, que vai para a cama a seu tempo. E o Manuel Augusto morto, que nunca os deixa.

Morreu. Morreu em três meses, fechado naquele quarto, escrevendo. Já o tinha feito uma vez anos antes, quando o meu filho António lhe disse

— Vai então escrever, se é isso que queres.

e ele deixou tudo para trás e foi. Andava louco pela casa, com o roupão a arrastar pelo corredor, sem tomar banho, o cabelo e a barba enormes do desleixo a que os deitava. E muito tempo dentro do quarto, a música muito alto, noutras alturas o silêncio sepulcral dias a fio. Preocupava-me eu e preocupava-se a Justina. Perguntávamo-nos se a sua arte lhe estaria a tirar o juízo, que era feito do menino alegre que se passeava pela casa oferecendo sorrisos?

Lá esteve um ano. Imerso na sua loucura, entregou-se à vida das personagens que criou. Tinha deixado a faculdade, queria fazer da escrita um ofício, investiu. E nós desculpámos-lhe as faltas quando vimos o livro impresso e que os jornais diziam dele coisas importantes que nós não compreendíamos.

Quando, tanto tempo depois, a doença lhe chegou, ele chamou-nos à sala. Disse

— Vou morrer.

num tom resignado que nos assustou. Pensámos desculpar-lhe a falta como a tínhamos desculpado quinze anos antes, mas agora não dependia dele e da literatura, antes da doença e do que ela decidiria. Dissemos-lhe

— Estamos aqui para ti, Manuel Augusto.

e estivemos. Mas ele pouco nos quis. O homem que sempre fora lindo e tão feliz ia morrer.

A sua loucura foi mansa, no entanto. Fechou-se no quarto durante três meses a escrever, lavava-se de madrugada, quando todos dormíamos. Dormia de dia, durante todo o dia, todos os dias. Não existia mais na casa porque parecia já não existir mais em nós, como se nos preparasse para a sua ausência definitiva.

Quando abriu a porta era já uma sombra do que fora. A pele estava pálida, a carne tinha desaparecido. Pouco tinha comido naqueles três meses, a comida que a Justina lhe dava não era praticamente mexida. Estava asseado, no entanto, pronto para a morte que o iria visitar não faltava muito, sabia-o. Chamou-nos um a um ao quarto, quando já dele não conseguia sair porque lhe doía qualquer movimento que fizesse. Deixou-nos cuidar dele no pouco tempo que lhe restava. E chamou-nos à cabeceira da cama, disse-nos palavras ternas.

A mim, disse-me de como não me queria ver tão cedo no sítio para onde eu acreditava que ele ia. Que fazia falta ao pai, à mãe, ao irmão. Que iria nascer o meu bisneto que também era preciso educar. Como se o visse como um filho, delegou-me essa responsabilidade.

Não lhe fiz a vontade. Morri pouco depois na mesma cama, entreguei-lhe a alma no dia da sua morte. O Manuel Augusto tinha sido a gota que fez transbordar o copo, um copo muito cheio pelas ausências que se foram acumulando ao longo da vida.

Entro no quarto. Vou descer a persiana, encerrar mais um dia na escuridão do quarto. E olho o cemitério, o mesmo cemitério com que acordo, colocado em frente de mim como um prédio que se levanta até ao céu.

As luzes saem das velas que as viúvas lá deixam. Todos os dias vai a Justina à tarde ao cemitério acender as velas que marcam o sítio onde a nossa morte se arrumou. Acende uma para o Augusto, outra para a minha mãe. E eu vejo essas luzes que a Justina acendeu cintilarem mais fortes. Os corpos a decomporem-se naquela terra, não consigo deixar de pensar. A sua pele a ser tragada pelos vermes, os seus ossos a esboroarem-se no caixão. Estão mortos, penso. E não existe maneira de lhes juntar a essa morte física a morte que a ausência também impõe.

Fecho a persiana. Deixo-lhe algumas frinchas, quero, num dia escuro como o são todos, que entre por essas frinchas alguma luz. A luz que sai enorme das velas no cemitério, lembrando-me da morte e da minha vida e que permite que a Justina entre e se venha deitar.

Tiro a roupa, deixo-a a um canto, esperando que as mãos da Justina a levem para lavar. Visto a camisola interior com que dormirei e penso no moço. Virá amanhã, entrando por este quarto e acordando-me com os beijos e os sorrisos que traz nele. Até à noite o moço me acorda os olhos que pousavam no cemitério. Viro o corpo e sorrio um pouco, sei que amanhã lá estará, trazendo nele os beijos de minha mãe e do meu filho em trânsito naquela pequena boca.

Deito-me. Todos os dias me deito esperando que a minha Justina venha pousar a roupa sobre a cadeira antiga que me irá velar a noite. Está escura, a noite. E silenciosa, sem ninguém para lhe dar um sentido. E eu estou deitado nela, os olhos bem abertos, esperando que o cansaço me permita finalmente dormir.

Deixo a cozinha, apago as luzes do corredor, vou à casa de banho onde me lavo do dia que aconteceu. Olho novamente o espelho, as rugas, a velhice. Toco na face com as mãos rugosas que amanharam a terra, as mesmas que fizeram a refeição para o António, para o Fernando, para o menino. As mãos que afagaram a pele da criança quando a deitei à tarde. As mãos que benzeram o peito à entrada da missa das sete. As mãos que tocam na velhice quando percorrem as rugas, uma a uma, em frente do espelho. E em frente do espelho vejo-me novamente pequena.

A D. Preciosa, penso nela. Eu pequena e o leite na mesa. Penso no dia de amanhã, na escola, no desejo de aprender. E no pau de palmeira de três bicos que me chegará ao corpo ainda tantas vezes. Sou demasiado afoita para não ser castigada. E a D. Preciosa é também outra mãe, castiga-me como a minha nunca fez por não saber como.

Penso nela, na Cidinha, na minha mãe. Sinto-as a passarem por mim como os anos, umas a seguir às outras. Em como morreram já todas: a D. Preciosa, quando terminei a instrução primária; a minha, quando me casei; e a Cidinha — tanto, porque tanto existiu — porque assim lhe disse a velhice, não se pode viver para sempre.

Entro no quarto, deixo as roupas do António sobre a cadeira. O António fechou a persiana, deixou-lhe apenas os poros que permitirão a entrada dos primeiros raios de sol, o meu acordar. Não me fala, deita-se na cama de costas viradas para mim, apenas um tímido

— Até amanhã.

lhe sai finalmente da voz. Anda triste, o meu António, e eu não sei o que fazer. Faz-lhe falta a mãe, o filho. Falarei com ele, amanhã falarei com ele, digo-me. Vejo-o a deitar-se, as costas viradas, o tímido

— Até amanhã.

e sei que tudo se resolverá, que será amanhã o dia diferente do que foram todos os dias até agora.

Porque todos os dias me levanto quando os primeiros raios de sol tocam na cama, no armário, na cadeira onde deixo pousadas as roupas do António. Todos os dias solto as galinhas, afago a Pequena, acaricio no seu cantar os pintos, o galo, as galinhas. E todos os dias o penso quando, depois de lhe responder

— Até amanhã. Dorme bem.

como fiz sempre, me deito na cama e dou graças a Deus por me ter permitido mais um dia. Mesmo com toda a velhice, as rugas ou o sofrimento que por vezes a vida nos dá, mesmo sem o Augusto e a Cidinha, mesmo assim dou graças a Deus por me ser permitido fechar mais uma vez os olhos sabendo que os fecho. Nunca se sabe se amanhã será possível acordar com os primeiros raios de sol a baterem na cama.

Existiu um dia como todos os dias, inventado por mim nos olhares de quem amei.

A Justina deitou-se há pouco. O meu filho olhou pela janela o cemitério em frente da casa. O José Fernando na sua vida, embalando, certamente, a criança no seu sono, entregando a noite à mulher que escolheu para viver com ele. Todos os outros já morreram: a Ni, o meu homem, o Manuel Augusto. Só existem enquanto existir quem deles fale.

O Manuel Augusto é mais lembrado porque é mais recente a sua saudade. Vive muito ainda no olhar do José Fernando, no pensamento do pai e da mãe. E no espírito da Manuela, a mulher do José Fernando, onde, sei bem, está muito presente.

O meu neto chamou-me à sua beira, já a morte estava perto, atenta. Entrei no quarto, o ar estava quente, ele deitado na cama, muito magro. Chamou-me à cabeceira da cama, vi-lhe os ossos impondo-se na sua face, nas suas mãos, adiantando-se à verdade que a morte traria. E disse

— Avó Cidinha, ninguém sabe, dir-lhe-ei porque não posso levar comigo sem o partilhar com alguém. E já que o não partilho com ela, já que a vida tornou tão impossível essa minha vontade, digo-lhe a si: sou pai deste seu bisneto a nascer, dessa criança que a mulher do Fernando traz no ventre.

e eu não quis crer, seria delírio que a doença trazia, desejo que a febre tornava realidade? Não era. O meu neto Manuel Augusto retirou das mãos do Fernando aquilo que lhe era mais caro — o amor da mulher. Não me enganava o desconforto com que se olhavam os dois, mostra de afectos trocados noutras alturas. O meu neto Manuel Augusto entregou ao Fernando um filho que não lhe pertence. Razões mais fortes do que o acaso deram àquela criança a cara do tio. Como se o tio fosse um pai. E era.

Soube-o e não disse a ninguém. Para que o futuro — assim o queira a mãe da criança — permita que a morte, a minha e a do meu neto, apague definitivamente o pecado.

A Justina deitou-se há pouco, fechará os olhos ao mundo. E eu, nela depositada, navegarei pelo sono pedindo todos os dias perdão pelo pecado dos outros. Imersa em água límpida, a navegar no azul dos seus olhos brilhantes.

Um barulho, vindo do quarto do miúdo, acorda-me. Ouço-o a chorar, levanto-me rapidamente. Um pai deve ser isso, penso: uma inquietação pelo choro do filho, pela dor que ele representa.

Deixo a minha mulher na cama e entro no quarto. Não tiro o miúdo da cama onde dorme. Pego numa cadeira, sento-me, afago-lhe os cabelos.

Não chorava, o Rafael. Sobressaltei-me por nada, logo vi, como me sobressalto sempre. Ouvi-lhe o choro e levantei-me como um pai, guardando o filho dos demónios da noite, do medo que poderia ter provocado o choro. Nem houve choro, nem provocação. Acordei sem necessidade, afago-lhe o cabelo, observo-o como quem observa um anjo a dormir.

Todos os dias acordo durante a noite, o ouço chorar. Todos os dias saio do quarto e me sento ao seu lado, acarinhando-lhe a fronte. E todos os dias sou mais feliz por ter acordado, por poder, nem que seja por alguns minutos, viver em paz na minha vida, sem árvores grandes a inundarem-me de sombra.

Tenho um filho lindo a dormir. Mesmo que cresça e saia dos meus braços, como escreveste tu, meu querido irmão, aí dormirá sempre. Tenho a noite, a longuíssima noite que descreveste, para ser com ele um pai.

Contou-me a mãe um dia que também tu eras encontrado às vezes junto a uma outra criança. Que era eu, que acordavam por vezes de noite e te viam, sentado ao meu lado, acarinhando-me a fronte. Entrego os mesmos carinhos hoje ao meu filho e imagino-me deitado no seu lugar e tu sorrindo com o sorriso doce que sempre tinhas. E sinto, no cabelo fino e macio do Rafael, o meu. Na mão macia que o toca, a tua. E sei que a vida é feita disto: de um amor delegado em quem amamos, seja a criança que dorme ou a criança que nos afaga a fronte.

Termino a noite aqui sentado. Às vezes venço mais um pouco o cansaço e quase vejo o sol a entrar pelos poros da persiana que a minha mulher não fechou tão bem no quarto do Rafael. Mas todos os dias termino a noite afagando-lhe a fronte, acalmando o meu sobressalto e sabendo que a felicidade pode parecer por vezes não existir, tal a dimensão da sombra com que nos inundam. Mas existe. Porque não existe vida mais feliz do que aquela que fizemos nossa e afagámos durante a noite. Todos os dias.

TARDE DEMAIS

Rafael

como o poema, esta é a última carta ao filho **que** não tenho — a invenção do meu amor.

Digo-te da verdade — de como amava a tua mãe e de como nunca ela foi capaz de retribuir um olhar. Digo-te da verdade — de como não és meu filho, apenas as palavras permitem o meu querer.

Escrevi este texto que terminaste de ler — tantos anos depois, quando o acabo de escrever ainda estás no ventre da tua mãe — inventando a minha vida quando me acerco da morte. Em alguma coisa não menti e foi nisso mesmo: morrerei exaurido, nu, com a alma definhada no corpo, nesta cama; dentro em breve — o meu corpo está infectado pela doença.

Pergunto-me se será possível viver no papel a existência que nunca tive na carne. Mesmo depois de morto. Não me ofereci a possibilidade de ser feliz pela amargura que carreguei sem razão — escritor menor, se escritor; fardo pesado para os meus, roupão pela casa, nulo social e familiar. Os meus — os teus — com isto lidaram, sofreram.

Longe da tua mãe, único tudo que amei, longe daqueles que não soube fazer feliz, construindo num texto toda a vida que não tive, toda a pessoa que não fui, longe de ti, meu filho que tanto queria, ofereçam-me o perdão. Mas, mais do que isso, inventar um dia onde tenha eu parecido um homem feliz todos os dias.

Teu tio
Augusto

Notas

Esta edição nunca teria sido possível sem a aposta de Luciana Villas-Boas, a quem estou muito grato, e a simpatia de Ana Paula Costa e todo o pessoal da Record. Espero que o livro esteja à altura das expectativas tanto de Luciana como da editora que tão bem me acolheu.

Agradeço a Maria do Rosário Pedreira a confiança e a cumplicidade. Agradeço a Desidério Murcho, Mário Azevedo e Rui Lage as suas leituras e sapientes críticas.

A epígrafe que inicia este livro é retirada da obra da autoria de Carl Sagan *Billions & Billions*. Nas páginas 153 e 154 parte-se de versos de Mafalda Veiga, *Um lugar encantado*. Nas páginas 171 e 172 canta-se um excerto de um poema de Edmundo Bettencourt, *Samaritana*, musicado por Álvaro Leal. Na página 176 cantam-se dois versos da música *Grace Cathedral Park*, Red House Painters.

A epígrafe que reinicia o livro é da autoria de Herbert Quain, retirada do seu livro *Statements*, em diálogo com Jorge Luis Borges na obra *Ficções*.

Bargos, Fevereiro 2002 / Praia da Oura, Julho 2003
Talvai, Junho 2005

Este livro foi composto na tipologia Minion, em
corpo 11,5/16, e impresso em papel off-white 80g/m²
no Sistema Cameron da Divisão Gráfica
da Distribuidora Record.

Seja um Leitor Preferencial Record
e receba informações sobre nossos lançamentos.
Escreva para
RP Record
Caixa Postal 23.052
Rio de Janeiro, RJ – CEP 20922-970
dando seu nome e endereço
e tenha acesso a nossas ofertas especiais.

Válido somente no Brasil.

Ou visite a nossa *home page*:
http://www.record.com.br